Märchen und Geschichten der Beduinen im Sinai

T0165954

Märchen und Geschichten der Beduinen im Sinai

Herausgegeben, eingeleitet,
mit einem Nachwort und mit Zeichnungen versehen
von Marion Victor

Reichert Verlag

الوارس لنحمة

Inhalt

Einleitung

Der südliche Sinai ist eine Steinwüste. Die Steine türmen sich bis zu mehr als 2500 Meter auf. Der Moses-Berg mit seinen knapp 2300 m gehört zu den höchsten der Halbinsel. Nach Norden wird das Gebirge langsam immer flacher. In den vergangenen Jahren durchwanderte ich an die zwanzig Mal zusammen mit zwei Beduinen und drei Kamelen die Berge des südlichen Sinai nördlich vom Gebel Musa vor allem im Gebiet des Stammes der Tarabin, aber auch im Gebiet der Muzena. Unsere längste Reise dauerte zwanzig Tage, die kürzeste nur fünf Tage.

Es ist eine überraschende Erfahrung, dass das Auge nach kurzer Zeit bereits die Farbigkeit in der Kargheit der Landschaft entdeckt. Ich bin mir sicher, dass nicht nur ich sie persönlich gemacht habe, sondern dass ich sie mehr oder weniger mit vielen Wüstenreisenden teile.

Da wird ein rötlicher Gneis von grünlichen Rippen durchzogen, da weist der gelbliche Sandstein Schattierungen auf, die bis ins Violette hineinreichen, da sind die Grüntöne der Kräuter und ihre winzigen, dafür in umso kräftigeren Farben leuchtenden Blüten. Die einen Täler sind breit und weit, ihr Grund ist weißer, weicher Sand, die gelbweißen Steine der schroffen Abhänge sind von der Sonne schwarz verbrannt. Die anderen Wadis verengen sich zu kaum noch passierbaren Kluften aus grau und rot schimmerndem Granit. Der Wind hat die Sandsteine in Arabesken verwandelt, die an die Kunst mittelalterlicher Bildhauer erinnert. Die Berge erscheinen als urtümliche Gestalten, als Echsen und Sphingen.

Die beiden Beduinen, die mich begleiteten und führten, waren Lafi Awad und Mubarak Selim oder Lafi Awad und Salem Alfahad. Alle drei sind vom Stamm der Tarabin. Nördlich von Nuweiba Stadt befindet sich das Dorf der Tarabin, das aber zum Verwaltungsgebiet von Nuweiba gehört. Südlich von Nuweiba Hafen befindet sich das Dorf der Muzena. Die Muzena sind der größte Stamm im südlichen Sinai. Das Stammesgebiet der Tarabin ist verhältnismäßig klein. Dafür gibt es Stammesgebiete der Tarabin auch im Norden des Sinai und in der Negev Wüste in Israel.

Die Tarabin kommen nach eigener Aussage von der arabischen Halbinsel, aus dem heutigen Saudi Arabien. Wann genau das war, konnte ich nicht ermitteln. Auf meine Frage „Wann?", bekam ich die Antworten „vor 750 Jahren" und „vor 500 Jahren". Genauer konnte ich den Zeitraum nicht bestimmen. Noch bevor ich mit dem Aufzeichnen der Geschichten begann, hatte ich eine Sage über den

Ursprung der Tarabin gehört, in der von einem Sheikh und seinen drei Töchtern die Rede war, die für die drei Stammesgebiete standen. Da ich mich nicht mehr genau erinnerte, begann ich mit Nachfragen. Manzur aus Tarabin erzählte mir folgende Version:

„Da war ein alter Mann, der hatte drei Töchter, aber keine Söhne. Abends kamen die Töchter mit durstigen Tieren zurück. Er hatte niemanden, der den Töchtern am Brunnen zu ihrem Recht verhalf. Wenn man sie schließlich mit den Tieren, den Ziegen und Schafen an den Brunnen ließ, war kaum mehr genug Wasser für die Tiere da. Die Tiere von den anderen hatten immer schon alles leer getrunken. Der Streit wurde heftiger und den drei Töchtern wurden sogar Tiere geraubt. Da kam eines Tages Sheikh Attija aus Saudi Arabien mit zwei Männern. Der alte Mann bat Sheikh Attija, ihm und seinen Töchtern zu helfen. Sheikh Attija und seine beiden Männer holten für den alten Mann und seine drei Töchter die geraubten Tiere zurück. Der alte Mann bat Sheikh Attija nicht weiterzuziehen, sondern zu bleiben, weil er dessen Schutz brauche, um des Lebens der Tiere und seiner Familie willen. Er bot seine drei Töchter den drei Männern zur Hochzeit an. Sie willigten ein, die beiden Männer nahmen die beiden schönen Töchter, Sheikh Attija aber nahm die dritte, die hässliche, kahle Tochter. Sie wurde die Stammmutter der Tarabin." Der Name „Tarabin" ist verwandt mit dem arabischen Adjektiv für einen kahlen Strauch: tara (ta, ain, re, je).

Wenn wir auf unseren Wanderungen durch die Berge bei Sonnenuntergang einen Rastplatz gefunden hatten, wurden zuerst die Kamele entladen und Holz für das Feuer gesammelt. Wenn es dann nach der kurzen Dämmerung dunkel geworden war, ich mir einen Schlafplatz gesucht hatte, die Männer die Kamele versorgt hatten, saßen wir am Feuer. Und wenn dann schließlich das Abendessen im Topf brodelte, wir Tee tranken, dann war die Zeit für Geschichten gekommen.

Die Beduinen erzählten die Geschichten in den ersten Jahren nicht mir, sondern sich. Meine Arabischkenntnisse waren längst nicht ausreichend und das wussten sie. In dieser Gesellschaft, die von der Trennung der Geschlechter geprägt ist, verschwand ich für die beiden Männer sozusagen in der Dunkelheit und sie konnten ungehindert ihrer alten Tradition folgen. Wenn dann die Sprachmelodie größere Bögen schlug, eine andere konzentrierte Stimmung sowohl bei dem Sprechenden als auch bei den Zuhörenden einsetzte, war mir aber doch klar, dass ich hier Geschichten, Märchen hörte. Die Stille der Wüstennacht, das Wiederkäuen der Kamele, das Knistern des Feuers – die Situation schien sich mir seit langer, langer Zeit nicht verändert zu haben. Vielleicht – so meine Vermutung – sind auch die Geschichten noch die alten. Also beschloss ich, diese Geschichten mit einem kleinen Dat-Recorder aufzuzeichnen.

Die Aufzeichnung erschien mir auch geboten, weil meines Wissens diese Beduinengeschichten und Märchen noch nicht verschriftlicht sind. Sie wurden von Generation zu Generation weitergegeben. Und wie das Mehl hier noch vor 40 Jahren in einem Steinmörser von Hand gemahlen wurde, sich das Leben der Beduinen über Jahrhunderte, wenn nicht über Jahrtausende so gut wie nicht verändert hatte, so hatten sich – möchte ich vermuten – auch die Geschichten über die Jahre, Jahrzehnte, ja Jahrhunderte nicht wesentlich verändert.

Aber mir war bewusst, dass durch die seit wenigen Jahrzehnten mit rasantem Tempo stattfindende Veränderung der Lebensweise, das Aufgeben des Lebens in der Wüste, die Sesshaftmachung der Beduinen und den Einzug des Fernsehens in das Familienleben, das Erzählen von Geschichten aus dem Alltagsleben verschwindet und damit, da es sich um eine rein orale Kultur handelt, auch die Geschichten selbst verschwinden. Da mir unklar war, wie schnell eine solche Veränderung vonstatten geht, dachte ich mir, ich fange besser mit der Aufzeichnung der Geschichten an und warte nicht, bis ich sie ganz verstehe – denn wer weiß, wie lange das dauern mag. Mit den Aufzeichnungen begann ich schließlich im Frühjahr 2007.

Ich konnte die Aufzeichnungen machen, weil sich langsam über die Jahre ein Vertrauensverhältnis zwischen meinen Begleitern und mir entwickelt hatte. Neben meinen Bemühungen mich mit ihnen in ihrer Sprache zu unterhalten, da ich mich auf Englisch nur mit einem der Beduinen verständigen konnte, spielte gewiss eine wichtige Rolle, dass ich einige Jahre ein Kamel, Thaban, besaß. Wenn ich nicht auf dem Sinai war, wurde es von Lafi Awad betreut und benützt. Leider starb es vor ein paar Jahren. Mit dem eigenen Kamel aber war klar, dass ich auf meinem Kamel nicht wie eine Touristin geführt wurde, sondern wir nebeneinander ritten, ja, sogar kleine Wettrennen veranstalteten. Und ein dritter Punkt war, dass ich über Jahre hinweg regelmäßig kam, die Familien kennenlernte, die alten, inzwischen gestorbenen Eltern noch kannte, Hochzeitsfeste miterlebte, die Kinder aufwachsen sah, bei ihnen und nicht im Hotel wohnte.

Die Geschichten erzählten sich die Männer in der Regel abends am Feuer, während das Essen langsam im Topf schmorte. Während bei uns der „gemütliche" Teil in der Regel nach dem Essen stattfindet, ob am Lagerfeuer oder in der Stube, ist in der Wüste Brennholz ein kostbares Gut, das nicht einfach um der Gemütlichkeit willen verschleudert wird. Wenn das Essen fertig ist, werden die noch großen Äste aus dem Feuer genommen und mit Sand gelöscht. Übrig bleibt höchstens noch ein bisschen Glut und Zeit für ein Gläschen Tee. Die Jungen saßen und sitzen bei den Männern, schauten den Essensvorbereitungen zu und hörten dort die Geschichten. Es gibt in der Beduinenkultur also keine speziellen Geschichten für Kinder – ganz ähnlich wie auch unsere Märchen ursprünglich keine spezielle Kinderliteratur waren.

Es gibt vier Kategorien von Geschichten: nämlich Heldengeschichten, Zaubermärchen, Fabeln und Beispielgeschichten:

In den Heldengeschichten spielt der Weg mit seinen Gefahren, die gemeistert werden müssen, eine zentrale Rolle. Die Begegnungen mit den zu besiegenden Ungeheuern sind in ihrer Struktur nicht viel anders als unsere Sagen. Ebenso verblüfft an den „Zaubermärchen", dass ihre Motive denen „unserer" Märchen, vor allem denen der Gebrüder Grimm, so ähnlich sind.

Auch in den Beduinenfabeln begegnen uns menschliche Verhaltensweisen in Tierkörpern. Dabei ist auffällig, dass der kleine Wüstenfuchs eindeutig ein Verwandter unseres Reineke Fuchs ist. In einer Geschichte versucht er schlau zu sein, ist es aber nicht, in der anderen Geschichte ist seine hervorstechende Eigenschaft sein Wille, die anderen hereinzulegen.

Die Beispielgeschichten schließlich erscheinen uns auf den ersten Blick am wenigsten interessant und gleichzeitig sehr, sehr fremd. Im Gegensatz zu den Heldengeschichten und Zaubermärchen haben sie eine eindeutige Moral und Vorbildcharakter. Sie tradieren vor allem gesellschaftlich notwendige Verhaltensweisen. Insofern sind sie notwendiger Teil der oralen Erziehung und spiegeln damit einen zentralen Punkt der beduinischen Kultur.

Die Geschichten erscheinen mir archäologischen Funden zu gleichen. Von einzelnen Motiven gibt es verschiedene Varianten. Einige der Geschichten erinnern an Scherben, Bruchstücke, manche wurden im Laufe der Zeit „falsch" zusammengesetzt, bekamen gewissermaßen einen neuen Henkel.

Ich hatte nicht die Absicht, die Märchen zu interpretieren. Ich hatte auch nicht den Wunsch, den Text auszuschmücken. Die etwas krude Form entspricht für mein Empfinden der kahlen Steinwüste des Sinai, dem ehemals, aber auch heute noch kargen und harten Leben der Beduinen.

Die Sprache der Beduinen unterscheidet sich sehr vom ägyptischen Arabisch. Viele der Beduinen, vor allem die Älteren, verstehen die Ägypter fast nicht und umgekehrt. Viele der Wörter sind sicherlich stark dialektal gefärbt, aber es gibt auch viele Wörter, die keinerlei Ähnlichkeit mit dem ägyptisch arabischen Wort aufweisen. Ich habe sie in keinem arabischen Lexikon gefunden. Über die Jahre habe ich mir ein eigenes kleines Vokabelheft mit dem speziellen beduinischen Wortschatz zugelegt. Sie selbst bezeichnen ihre Sprache im Gegensatz zum Ägyptischen als „lura fushä", was man mit „gehobener, elaborierter Sprache" übersetzen könnte, womit aber auch das hier nicht gemeinte Hocharabisch gekennzeichnet wird. Ebenso gibt es zwischen den Stämmen große Unterschiede und Verständnisschwierigkeiten. Kurz, auch wenn sich im Laufe der Jahre meine Sprachkenntnisse verbesserten, so war mir doch klar, dass ich für die Übersetzung, wenn ich nicht jahrelang dort leben wollte, Hilfe von einer Person brauchen würde, der einerseits der spezielle Dialekt der Tarabin vertraut ist, und die andererseits genügend Englisch oder Deutsch kann, um mit mir über sprachliche Besonderheiten zu kommunizieren.

Diese Hilfe bekam ich von der jungen Beduinin Fadeya Sabah, die ich über Manzur und seine Frau kennenlernte. Sie hat das Glück gehabt, eine internationale Schule besuchen zu können und die internationale Hochschulreife – als erste ihres Stammes – zu erlangen. Aber nun kann sie nicht studieren, was sie gerne möchte. Jemand von ihrer Familie müsste sie nach Kairo begleiten. Dass sie alleine nach Kairo oder ins Ausland geht, ist undenkbar. Die Hürden scheinen im Moment noch unüberwindbar hoch. Ihr Lebensraum beschränkt sich auf einen ummauerten Hof, den sie ohne männliche Begleitung nicht verlassen kann. Gleichzeitig verfügt sie über einen Laptop und einen Internetanschluss. Damit kann sie alle Mauern und Grenzen überspringen. Sie fertigte für mich Rohübersetzungen der Geschichten an. Und mit ihr konnte ich über Details und Bedeutungsnuancen einzelner Worte diskutieren. Ohne ihre Arbeit lägen die Geschichten nicht vor.

Erzählt wurden mir die Geschichten und Märchen vor allem von drei Männern, von Mubarak Selim, Salem Alfahad und von Lafi Awad. Außerdem von Selmi, der Schwester von Salem Alfahad und Schwägerin von Lafi Awad, und von Raschid, dem wir verschiedene Male in den Bergen begegneten. Abgesehen von diesen genannten Personen wissen viele in Tarabin von meinem Projekt, und von vielen habe ich Unterstützung erfahren, wofür ich mich herzlich bedanke.

Gedicht

vorgetragen von Mubarak Selim

Leuchte uns, Mond, dein Leuchten vertreibt unsere Traurigkeit.

Wie viele Nächte warst du verschwunden, komm zu uns,

– oder wir suchen dich.

Dein goldenes Licht – wir holen es aus dem Meer.

Aber da sind nur Wellen, Spuren vorbeiziehender Schiffe.

Marion Lichar 01

Heldensagen, Märchen und Fabeln

Solimans Weg

erzählt von Salem Alfahad

1.

Vor langer, langer Zeit begab sich folgende Geschichte. Auf einer Insel im Meer wurden kranke Kamele und Menschen von weit her ausgesetzt. Alles Leben dort war von einem Riesenvogel bedroht, der alles fraß: Kamele, Ziegen, ja selbst Menschen.

Eines Tages wurden drei Menschen auf die Insel gebracht. Am nächsten Tag kam der Riesenvogel und fraß den ersten der drei Männer. Am nächsten Tag kam der Vogel wieder und fraß den zweiten. Am dritten Tag kam er wieder, um den letzten der drei Männer zu fressen, aber dieser hatte einen Speer. Damit zielte er auf den Riesenvogel und tötete ihn.

Dann sammelte der Mann Holz und baute damit ein kleines Boot. Er bestieg das Boot und paddelte und paddelte. Das Meer ist weit und groß. Drei Tage verbrachte er auf dem Meer. In der dritten Nacht hörte er, wie sein Schiff auflief. Da wusste er, er hat den Strand erreicht. Er stieg aus und schlief bis zum nächsten Morgen. Als er aufwachte, sah er viele Palmen und alte, verlassene Häuser. Er kletterte auf eine der Palmen mit Datteln. Von dort oben sah er am Brunnen Gazellen trinken und weiterziehen, sah er Füchse trinken und weiterziehen. Und dann kam ein riesengroßes Ungeheuer. Das Ungeheuer entdeckte seine Spuren und spürte ihnen bis zur Palme nach. Es schaute nach oben und sah den Mann. Da drehte es sich um und pisste an die Palme. Der Mann aber hatte noch den Speer. In dem Moment, in dem das Ungeheuer hoch sah und pisste, zielte er mit seinem Speer auf das Ungeheuer und erlegte es. Die Palme hatte zwar von der Pisse Feuer gefangen, aber da sie auch nass war, brannte das Feuer nicht gut. Bis zum nächsten Morgen, bis das Feuer endgültig erloschen war, blieb der Mann auf der Palme. Dann stieg er von der Palme hinunter und ging weiter, und ging, bis er zu Häusern und Kamelen kam. Leute kamen ihm entgegen und fragten:

Wo kommst du her?

Aus diesem Wadi.

Aus diesem Wadi?

Ja, antwortete er.

Das kann doch nicht sein, dass du von dort kommst.

Wieso?

Weil dort ein sehr, sehr großes Ungeheuer lebt, antworteten die Leute.

Und was macht dieses Ungeheuer, fragte der Mann sie.

Es frisst Menschen. Deshalb haben sie ihre Häuser verlassen und sind weggerannt.

Ich habe das Ungeheuer getötet, sagte der Mann.

Nein, das ist unmöglich! Das können wir nicht glauben, dass du das Ungeheuer getötet hast.

Auch der Sheikh kam und sagte:

Das ist unmöglich! Aber wenn du das Ungeheuer wirklich erlegt hast, dann verheiraten wir dich mit meiner Tochter und geben dir noch ein junges Kamel dazu.

Dann gingen sie mit ihm in das Wadi und sahen dort das erlegte riesengroße Ungeheuer. Sie hatten Angst und sagten:

Vielleicht ist es gar nicht tot. – Aber das Ungeheuer war mausetot.

Gut, sagten sie, jetzt feiern wir ein großes Hochzeitsfest.

Nein, ich will nicht heiraten, zeigt mir nur meinen Weg.

Also gut. Auf deinem Weg werden dir Bocksmenschen begegnen und Menschen wie wir, die sie jagen.

2.

Der Mann von der Insel heißt Soliman. Er hatte einen Hund bei sich. Und als er dort angekommen war, sah er, dass die Menschen die Bocksmenschen jagen. Die Menschen sagten zu ihm:

Lass deinen Hund auf die Bocksmenschen los.

Nein, sagte der Bocksmann zu Soliman, lasse ihn nicht los.

Lass deinen Hund los!

Nein, ich lasse ihn nicht los.

Da sagten sie zu ihm: wenn du deinen Hund nicht loslässt, dann bist du einer von ihnen.

Da ließ Soliman den Hund los, und der Hund fing den Bocksmann. Die Menschen schlachteten ihn. Ist der aber fett, sagten sie. Da war ein großer Pistazienbusch, in dem sich das Bocksweibchen versteckt hatte. Sie sagte:

Er ist so fett, weil er mir immer alle Pistazien weggefressen hat.

Da bist du ja, sagten die Leute, dann komm mal her! – Sie kochten die beiden Bocksmenschen in einem Topf und luden Soliman zum Essen ein.

Komm, iss mit uns!

Nein, antwortete er, euer Essen esse ich nicht, zeigt mir nur meinen Weg.

Also gut. Auf deinem Weg werden dir Menschen ohne Kleidung begegnen. Bevor du zu ihnen kommst, musst du deine Kleider ablegen.

Er ging und ging und ging. Und bevor er zu diesen Menschen kam, zog er seine Kleider aus. Die Männer luden ihn ein, sich zu ihnen zu setzen. Da regte sich sein Glied – weil er so viele schöne Mädchen sah.
Bleib still, sagte er zu seinen Glied. Aber es wurde größer und steifer. Bleib still! Aber sein Glied wurde noch größer und noch steifer. Soliman konnte nicht ruhig sitzen bleiben. Er musste furzen. Da sagten die Menschen, macht sein Loch zu, und sie machten es. Dann sagte Soliman:
Nun zeigt mir meinen Weg.
Also gut. Auf deinem Weg werden dir Hunde begegnen. Wenn einer mit seinem Schwanz wedelt, dann sagt er dir damit, dass er dich einlädt. Die Frauen der Hunde aber sind Menschen wie wir.
Gut, sagte Soliman und ging los. Und er ging und ging und ging. Und ging, bis er zu Häusern kam und er viele Hunde sah. Ein Hund wedelte mit seinem Schwanz, was bedeutete, dass er ihn einlud. Soliman ging mit ihm zu seinem Haus und da waren sehr schöne Mädchen. Dann sagte der Hund zu Soliman:
Schlachte uns eine Ziege.
Soliman schlachtete die Ziege, denn das können Hunde nicht. Die Frauen kochten sie in einem Topf. Nach dem Abendessen wedelte einer der Hunde Soliman zu und lud ihn ein. Soliman ging mit ihm. Dieser Hund hatte auch eine sehr schöne Schwester. Nachts, als alle schliefen, kam sie zu ihm und sagte:
Wir müssen wegrennen.
Wie sollen wir das machen? sagte Soliman, sie werden uns fressen.
Wenn wir durch das Wadi Dschesidan gehen, dann sind wir sicher. Es ist voller Stacheln, und darauf können die Hunde nicht gehen, sagte das Mädchen.
Soliman und das Mädchen liefen und liefen, und liefen lange, denn der Weg war lang. Die Sonne ging auf und sie liefen immer noch.
Wo ist das Wadi Dschesidan? fragte Soliman.
Hier ist es, sagte sie.
Bevor sie durch das Wadi liefen, schauten sie zurück. Und sie sahen eine große Staubwolke, die die Hunde aufgewirbelt hatten. Ein Hund bellte. Soliman fragte:
Was sagt er?
Er sagt, eines Tages wird er mir die Lunge aus der Brust reißen, sagte das Mädchen.
Sie liefen und liefen und liefen. Endlich kamen sie zu den Häusern von Solimans Familie. Soliman und das Mädchen heirateten und es gab ein großes Fest. Dort lebten sie. Sie bekamen einen Sohn und noch einen Sohn. Nach

zehn Jahren sah Solimans Frau eines Tages einen Hund um das Haus streichen. Sie sagte zu Soliman:

Vielleicht ist das mein Bruder.

Nein, natürlich ist das nicht dein Bruder. Er ist bestimmt schon vor langer Zeit gestorben.

Nachts, als alle schliefen, kam der Hund und riss der Frau die Lunge aus der Brust. Und ließ sie tot dort liegen.

Die Kinder aber wurden groß, sie heirateten und hatten ein schönes Leben.

Das ist meine Geschichte, sie wird leben und leben und aufgehen wie Weizenkörner.

Der Riesenvogel

erzählt von Lafi Awad

Diese Geschichte, ya Marianne, begab sich zu der Zeit, in der es noch große Vögel gab. Sie waren so groß, dass sie Ziegen, Menschen, ja selbst Kamele fraßen. In dieser Zeit, ya Marianne, lebte ein Mann, der hatte zwei Hunde. Der eine Hund passte auf seine Sachen auf, den anderen nutzte er zum Jagen. Als er eines Tages einen Hasen sah, sagte er zu dem Hund: Los, hol ihn.

Und der Hund rannte und packte den Hasen und brachte ihn dem Mann. Dieser tötete den Hasen und gab die Leber und den Kopf dem Hund zum Fressen. Dann kam der Tag, da band er beide Hunde bei seinen Sachen fest und ging in die Berge. Dort sah er einen großen Steinbock. Er verfolgte ihn, verlor dann aber seine Spur. Er suchte und suchte, aber er konnte ihn nicht finden. So verging der Tag. Also ging er wieder zurück zu seinen Sachen. Und fand die beiden Hunde tot – von einem großen Tier getötet. Er nahm sein Gewehr und suchte das Tier. Er dachte, dass er es bei dem Wasserloch mit der Palme, ganz ähnlich wie Fräjä, ya Marianne, finden wird. Er kletterte hoch auf die Palme und wartete auf das Tier. So verging der Tag. Und dann kam das Tier. Es roch den Mann, sah hoch in die Palme und genau in dem Moment, Aug in Aug mit dem Tier, schoss der Mann. Und das Riesenvieh war tot. Da ging der Mann weiter und weiter. So verging der Tag. Schließlich kam er zu Leuten, sie fragten ihn: Woher kommst du?

Und als er sagte: Von dem Wasserloch mit der Palme, antworteten sie: Das ist nicht möglich, dort lebt ein großes Tier, das alles frisst, Ziegen, Menschen, selbst Kamele."[1] Er sagte: Geht hin und seht selbst.

Ein Mann gab ihm ein Kamel und zusammen ritten sie zu dem Wasserloch mit der Palme. Der Mann sah, dass das Untier tot war. Die Leute sagten zu dem Mann: Bleib bei uns. Du bekommst von uns ein Kamel, Ziegen, ein Zelt und eine Frau, weil du uns von dem Tier befreit hast. Und es fand ein großes Fest statt. Da kam der Tag, da wollte der Mann seiner Mutter die junge Frau zeigen, die ein Kind von ihm erwartete. Sie ritten hintereinander auf zwei Kamelen, einen ganzen Tag lang. Dann am nächsten Tag sah der Mann den Schatten eines großen Vogels über sich. Der Riesenvogel schnappte sich hinter dem Rücken des Mannes die junge Frau und flog mit ihr weg. Der Mann sah den Vogel nur noch hoch über dem Berg. Ein Jahr wartete der Mann dort auf die Rückkehr des Vogels – aber vergebens.

---

1   Die Ähnlichkeit der Motive von „Solimans Weg" ist offensichtlich.

Das Ungeheuer in der Höhle

erzählt von Lafi Awad

Vor langer, langer Zeit war ein Mann, der hatte viele, vielleicht 500 Kamele. Jeden Tag ging er mit seinen Kamelen in die Wüste. Und jeden Morgen merkte er, dass eines seiner Kamele fehlte, dass nur noch das Seil des Kamels am Boden lag.

Da sagte er zu sich: Ich muss dieses Untier sehen, das mir meine Kamele nimmt und frisst.

Da blieb er bis früh morgens wach und sah ein sehr großes Ungeheuer, das einen riesigen Stein vor der Höhle weg rollte, herauskam, sich ein Kamel schnappte, zurück zur Höhle ging und die Höhle wieder mit einem Stein versperrte.

Da nahm der Mann drei starke Kamele und band sie mit einem Seil an den Riesenstein und dann versuchten die Kamele, den Stein wegzuziehen. Aber es gelang ihnen nicht. Da band der Mann noch drei weitere Kamele vor den Stein – und sie zogen den Stein weg.

Als der Mann in die Höhle kam, fand er viele Knochen von Menschen und Tieren. Der Mann hatte sein Schwert dabei. Wie er nun durch die Knochenberge ging, sah er ein schönes Mädchen.

Was machst du hier in dieser Höhle? fragte er sie.

Vor langer Zeit hat mich dieses Ungeheuer geraubt und hier in die Höhle gebracht, antwortete sie.

Gut, woran erkenne ich, dass das Ungeheuer kommt?

Wenn es kommt, kommt es mit Regen und Wind, antwortete sie.

Da kamen Regen und Wind. Und sie wussten, jetzt kommt das Ungeheuer. Der Mann kämpfte mit dem Ungeheuer und besiegte es. Da war das Ungeheuer tot.

Der Mann nahm das Mädchen und zusammen liefen sie weg. Als sie bei der Familie des Mädchens ankamen, sagte das Mädchen zu ihm:

Dich will ich heiraten. Du bist ein Kämpfer und ein starker Mann.

Ihr Vater willigte ein. Und da heirateten sie. Sie kamen in ein andres Land, blieben dort und bekamen viele Kinder.

Tausend rote Kamele

erzählt von Mubarak Selim

Es war einmal ein Mann, Antar, der liebte ein Mädchen. Ihr Vater sagte zu ihm: Wenn du meine Tochter heiraten willst, musst du mir 1000 rote Kamele bringen. Ich habe keine 1000 Kamele, ich habe nur fünf.
Du musst 1000 rote Kamele bringen, wenn du meine Tochter heiraten willst, antwortete der Vater.
Da ging er los mit seinem Bruder, der hieß Scheibub. Sie liefen und liefen und liefen, denn der Ort, wo es rote Kamele gibt, ist sehr weit weg. Sie gingen und gingen und gingen. Auf dem Weg trafen sie Leute. Es kam zum Kampf mit ihnen und die beiden gewannen.
Dann kamen sie zu einer sehr großen Sanddüne. Plötzlich fing ein sehr starker Sandsturm an. Sie stiegen von ihren Pferden und krochen unter die Pferde. Aber sie waren weit auseinander. Da flog die Kapuze Antars bis zu Scheibub. Der nahm die Kapuze und suchte seinen Bruder. Aber er konnte ihn nicht finden. Da ging er zurück nach Hause.
Als der Sandsturm sich gelegt hatte, lag Antar begraben im Sand, nur sein Kopf schaute noch aus dem Sand.
Scheibub aber kam bei den Häusern seiner Familie an und hatte nur die Kapuze Antars dabei. Alle fragten ihn nach Antar und er sagte:
Ich weiß nicht, ob er nach diesem Sandsturm tot ist, oder ob er noch lebt, ich habe nur seine Kapuze gefunden.
Unterdessen kam ein Mann auf seinem Kamel bei Antar vorbei. Er sah Antar und grub ihn aus. Er gab ihm jeden Tag Datteln, Wasser und Milch bis er wieder bei Kräften war. Da sagte er zu Antar: Ich habe dich gerettet, dafür musst du nun mit mir in den Kampf ziehen.
In Ordnung, sagte Antar.
Antar blieb ein Jahr bei diesem Mann. Bevor er ihn verließ, fragte er den Mann: Wo finde ich 1000 rote Kamele?
Du findest sie an einem Ort, der weit weg ist und „homr al yaman²" heißt, sagte der Mann.
Da stieg Antar auf sein Pferd und ritt bis er bei „homr el yaman" ankam. Dort fand er die roten Kamele, aber als er sie gerade einfangen und mit ihnen

2   Übersetzt = Rotes Jemen

zurückkehren wollte, da kamen viele Männer mit Schwertern. Sie kämpften mit Antar und brachten ihn zu ihrem Scheikh.

Warum bist du in unser Land gekommen? fragte der Scheikh.

Ich wollte 1000 rote Kamele holen, antwortete Antar.

Bleib bei mir und kämpfe mit uns ein Jahr, dann will ich dir 1000 Kamele geben, sagte der Scheikh.

Da blieb Antar ein Jahr und kämpfte zwei große Kämpfe zusammen mit dem Scheikh. Dann nahm Antar die 1000 roten Kamele und ging mit ihnen wieder zu seinem Stamm zurück.

Als Antar ankam, war gerade die Hochzeit des Mädchens, das er liebte, aber sie wollte nicht heiraten.

Antar schickte dem Mädchen einen Ring in einem Teller, da wusste sie, dass er zurückgekommen war. Und sie sagte:

Ich will nicht heiraten.

Es kam zum Kampf zwischen Antar und dem Bräutigam des Mädchens. Und Antar gewann. Antar gab dem Vater des Mädchens die tausend roten Kamele und heiratete das Mädchen.

Der Glatzkopf

erzählt von Lafi Awad

Es waren einmal drei Männer. Sie hatten Hunger, und da machten sie sich ein Brot und legten es in den heißen Sand. Bevor das Brot fertig war und sie es aus dem Sand nehmen konnten, kamen Räuber. Die drei Freunde liefen weg und versteckten sich. Wie sollen wir jetzt an unser Brot kommen? fragten sie einander. Der Glatzköpfige sagte:

Ich werde unser Brot holen.

Als es Nacht war und die Räuber alle schliefen, schlich der Mann zu dem Zelt, bei dem das Brot war. Dort angekommen sah er, dass ein Mädchen auf dem Brot lag und schlief. Er weckte sie. Sie fragte ihn:

Bist du ein Teufel oder ein Mensch?

Ich bin ein Mensch. Als wir unser Brot gerade ins Feuer gelegt hatten, seid ihr gekommen. Weil wir vor euch Angst hatten, sind wir weggerannt, sagte er.

Sie antwortete ihm: Ich werde dir Brot, Fett und Milch geben, aber dafür musst du meinen Bruder befreien, der gefangen ist.

In Ordnung, sagte er.

Er stieg auf sein Kamel und ritt und ritt bis er zu diesem Ort kam. Dort sah er einen Hund, der immer sofort anfing laut zu bellen, wenn ein Unbekannter kam. Aber als der Hund das Kamel sah, bellte er nicht. Da glitt der Mann von dem Kamel, der Hund schaute weiter nur auf das Kamel und bellte nicht. So konnte der Mann den Hund von hinten töten.

Der Mann zog dem Hund die Haut ab und kroch in die leere Hülle, befreite den Bruder und lief mit ihm zusammen weg. Als sie weit genug waren, zog der Mann die Haut des Hundes aus und erzählte dem Bruder, dass ihn die Schwester geschickt habe.

Sie liefen und liefen bis sie zusammen bei der Schwester ankamen. Mit den anderen Frauen zusammen trillerte die Schwester vor Freude. Die anderen Frauen sagten: Der Glatzkopf hat deinen Bruder allein befreit?

Ja – und ihn werde ich heiraten!

Da heirateten sie und lebten glücklich.

Die eifersüchtige Mutter und ihre schöne Tochter

erzählt von Salem Alfahad

Es war einmal eine Frau, die hatte eine Tochter, die von Tag zu Tag schöner wurde. Die Mutter war sehr eifersüchtig auf sie. Deshalb verließ das Mädchen die Mutter und lief weg.

Auf ihrem Weg traf sie sechs Männer. Die nahmen das Mädchen als ihre Schwester auf. Und sie lebte mit ihnen zusammen wie mit sechs Brüdern. Eines Tages schickte die Mutter ihrer Tochter eine Apfelsine. Nachdem sie die Apfelsine gegessen hatte, wurde ihr schlecht und sie wurde todkrank.

Da legten die sechs Brüder ihre Schwester in einen Kasten und warfen ihn ins Wasser. Dort trieb der Kasten, bis ein Mann ihn schließlich zusammen mit dem jungen Mädchen aus dem Wasser holte. Nachdem sie gesund geworden war, heiratete er sie. Sie bekam drei Söhne von ihm. Eines Tages kam eine alte Frau zu der jungen Mutter und stach sie mit einer Nadel. Da wurde sie in eine Taube verwandelt. Und ihre Kinder mussten mitansehen, wie sich ihre Mutter in eine Taube verwandelte.

Jeden Tag gingen die drei Jungs nun zur Wasserstelle, wo die Vögel trinken, um ihre Mutter zu sehen. Dort fragten die drei:

Vögel, ist unsere Mutter hinten oder vorne?

Eure Mutter ist hinten. Sie weint über ihre drei Söhne und ihre sechs Brüder, sagten die Vögel.

Eines Tages kam der Vater zur Wasserstelle, er packte die Vogelfrau, hielt sie fest und zog ihr die Nadel heraus. Da verwandelte sie sich wieder zurück in eine Frau und lebte von nun an mit ihren Söhnen und ihrem Mann zusammen.

Die Geschichte von Said und der Prinzessin

erzählt von Salem Alfahad

Vor langer Zeit gab es Menschen, die andere Menschen angriffen und ihnen alles raubten. Die Räuber banden die Kamele zusammen und nahmen sie mit sich fort.

Damals lebte ein Mann, der hieß Said. Dieser Said stahl Kamele, immerzu stahl er Kamele; ja, er lebte vom Stehlen.

Eines Tages sah er ein hoch beladenes Kamel. Said schlich sich an das Kamel heran, packte es und ging mit ihm weg. Dann lud er das Kamel ab. Unter den Gepäckstücken auf dem Kamel befand sich auch eine große, schwere Kiste. Er öffnete die Kiste und fand darin ein junges und schönes Mädchen, eine Prinzessin. Er war enttäuscht, holte sie aus der Kiste, legte sie auf den Boden und wollte sie gerade besteigen, da kam ein riesiger Vogel und wollte ihn schlagen. Said zog sein Schwert und hieb dem Vogel einen Flügel ab, und der fiel auf die beiden herunter. Da verging Said die Lust, das Mädchen zu besteigen. Der Flügel war wirklich sehr groß.

Das Mädchen nahm den Flügel an sich und sagte zu Said:

Wenn du mich zu meiner Familie zurückbringst, bekommst du von mir alles, was du willst.

Ich möchte nichts von dir, sagte er, aber wenn du mein Haus unter den Häusern erkennst, werde ich dich zu deiner Familie zurückbringen.

So sei es, antwortete sie.

Sie machten sich auf den Weg und gingen und gingen bis sie zu einen großen Berg kamen. Von der Höhe aus sahen sie Häuser.

Weißt du, welches mein Haus ist? fragte Said sie. Nein, ich weiß es nicht, antwortete sie.

Wenn du mein Haus erkennst, dann bringe ich dich nach Hause, versprach er.

Das kleine Haus, das ist dein Haus!

Woran hast du es erkannt? Das Haus eines Räubers ist niemals groß, sagte sie.

Gut. Dann bringe ich dich jetzt nach Hause.

Sie machten sich auf den Weg und gingen und gingen. Und das Mädchen hatte immer noch den Flügel bei sich. Auf dem Weg begegneten ihnen ein Dämon. Said hieb dem Dämon den Kopf ab und das Mädchen nahm den Kopf an sich. Sie gingen weiter und weiter und trafen auf einen weiteren Dämon, und auch diesem hieb er den Kopf ab.

Gib mir auch den Kopf von diesem Dämon, sagte das Mädchen.

Und Said gab ihn ihr. Und sie machten sich auf den Weg und gingen und gingen weiter und weiter, schließlich trafen sie auf einen dritten Dämon. Und Said hieb auch diesem den Kopf ab.

Endlich kamen sie zu den Häusern ihrer Familie und bei ihrem Palast an. Ihre Familie forderte von ihr, einen Mohammed zu heiraten. Als dieser neben ihr saß, kam eine Maus und sprang auf seinen Bauch. Mohammed fiel auf den Boden und furzte. Da sprang die Prinzessin hinweg und fragte:

Und was bringt Mohammed im Vergleich zu Said zustande?

Die Prinzessin brachte die Köpfe der drei Dämonen und den Flügel des Vogels in einen Raum. Dann forderte sie die beiden, Mohammed und Said, auf, in das Zimmer zu gehen. Als Mohammed die Köpfe der Dämonen und den Flügel sah, bekam er Angst.

Da sagte die Prinzessin: Ich will Said heiraten.

Die beiden heirateten und hatten ein schönes Leben. Said nahm sie mit zu den Häusern seiner Familie, sie bekamen Kinder und haben gut gelebt.

Die Geschichte von Abu Zaid in der Wüste

erzählt von Lafi Awad

Eines Tages sagte Abu Zaid zu seinen beiden Neffen, lasst uns losgehen und sehen, was wir uns nehmen können. Vielleicht finden wir Kamele oder auch etwas anderes, was wir mit laufen lassen können.

Sie liefen und liefen und liefen, bis sie schließlich an einen Ort kamen, wo Abu Zaid sagte, wir bleiben hier und machen uns etwas zu essen. Er legte sich hin, wickelte sich in seinen Mantel, aber durch ein Loch in seinem Mantel beobachtete er die beiden, er wollte sehen, wer von den beiden gut ist.

Die beiden Neffen gingen Brennholz suchen, aber da sie keines fanden, nahm der eine der beiden einen Kamelsattel, machte ihn klein und verfeuerte ihn. Als das Essen fertig war, weckten sie Abu Zaid. Der war froh über die Findigkeit des einen.

Nachdem sie gegessen hatten, liefen sie weiter und weiter und sahen in der Ferne einen Mann (Kamelaufpasser) mit vielen Kamelen. Da sagte der findige Junge: Da sind viele Kamele!

Sie machten sich auf den Weg und gingen und gingen bis es dunkel war und sie sich schlafen legen wollten. Der gute Junge war traurig, weil er ja gesagt hatte, da sind viele Kamele, sie sie aber dann nicht finden konnten. Er konnte nicht schlafen.

Der gute Junge stand nachts auf und ging los, um die Kamele zu suchen. Er lief und lief und lief. Es war Vollmond und da sah er die Kamle liegen. Er ging zu ihnen. Bei den Kamelen schlief eine Frau mit einem kleinen Kind. Er nahm das Kind und ging zurück zu seinem Onkel.

Als er ankam, schliefen die anderen noch. Er legte das Kind unter die Decke von Abu Zaid. Als der aufwachte, fand er das Kind und schrie:

Junge, wenn Männer Kinder kriegen können, so habe ich ein Kind gekriegt!

Da sagte der gute Junge:

Wer von den Männern glaubt nicht, dass ein Mann Kinder bekommen kann.

Da antwortete Abu Zaid:

Wenn du nicht meine Neffe wärst, würde ich dich umbringen.

Sie nahmen das Kind und brachten es zurück zu seiner Mutter. Als sie dort ankamen, schrie sie und sagte:

Jemand hatt mein Kind gestohlen!

Und wer bringt dein Kind?

Wer mir mein Kind bringt, dem zeige ich, wo es Wasser gibt.
Sie sagte zu ihnen:
Es gibt ein Wasserloch, aber ihr könnt nur eure Kamele daraus trinken lassen.
Ihr dürft nichts von dem Wasser trinken.
Sie kamen zu dem Wasser. Einer der Jungen sah ein paar Mädchen und ging ihnen nach. Der andere sagte zu Abu Zaid:
Ich werde hinabsteigen, Wasser schöpfen, dir hinaufreichen, damit du es den Kamelen geben kannst.
Als der Junge in dem dunklen Wasserloch war, kam ein großes Ungeheuer, er schrie:
Onkel hilf mir hinauf! Schnell! Ein Riesenvieh!
Als Abu Zaid ihn hoch gezogen hatte, war der Junge tot. Da schlachtete Abu Zaid auch das Kamel des Jungen.
Lange Zeit war Abu Zaid weg von seiner Familie und seinem Stamm. Als er nun zurückgehen wollte, traf er auf seinem Weg ein kräftiges Mädchen bei einem Wasserloch. Ihr Vater war in dem Loch und reichte ihr das Wasser hinauf. Sie zog das Wasser hoch. Abu Zaid fragte sie:
Wo finde ich ein Kamel, wenn ich heim gehen will?
Da ist ein Kamel, sagte die Mädchen.
Gut, sag deinem Vater, er soll mehr Wasser schöpfen.
Da zog Abu Zaid das Wasser hoch und weil Abu Zaid sehr stark war, schwappte das Wasser auf den Vater.
Der Vater sagte zu seiner Tochter:
Das bist nicht du, die das Wasser hochzieht, das kann nur der starke Abu Zaid sein.
Abu Zaid zog das Wasser hoch, bis es genug war und zum Schluss zog er auch noch den Mann hoch.
Der Mann sagte zu Abu Zaid:
Da sind Kamele. Nimm dein Halfter und welches du fängst, das bekommst du.
Abu Zaid fing sich das beste der Kamele. Der Mann war traurig wegen seines Kamels! Denn das Kamel war sehr sehr schnell. Schneller als ein Vogel.

Bevor er zu seiner Famillie zurückkam, sah er drei Mädchen, die Brennholz sammelten. Er schlachtete für sie ein Kamel und nachdem sie gegessen hatten, wickelte er sich in seinen Mantel und wollte schlafen, aber durch das Loch in seinem Mantel beobachtete er die Mädchen.
Die Mädchen hatten Feuer gemacht und eines von ihnen verbrannte sich, da sagte eine andere:

Bist du von einem anderen, uns unbekannten Stamm?

Nein, ich bin die Tochter von Abu Zaid, antwortete das Mädchen.

Da gab Abu Zaid seiner Tochter einen Ring und sagte:

Leg diesen Ring in den Topf, in den deine Mutter die Milch gibt.

Denn seine Frau sollte wissen, dass er noch lebt. Nachts kam er zu seiner Familie und sah einen großen Jungen. Er fragte seine Frau:

Wer ist der Mann?

Das ist dein Sohn und das ist deine Tochter. Weil du so lange weg warst, dachte ich schon, du bist gestorben.

Abu Zaid aber blieb nun bei seiner Familie und seinem Stamm und alle waren darüber froh.

Die Geschichte von den beiden Kindern und ihrer Kuh

erzählt von Salem Alfahad

Vor langer Zeit begab sich folgende Geschichte. Ein Mann heiratete und bekam eine Tochter und einen Sohn. Die Mutter der Kinder starb. Da heiratete der Vater eine andere Frau, damit sie auf die Kinder aufpasst, für sie wäscht, sie versorgt. Von dieser Frau bekam der Mann noch einen Sohn und eine Tochter.

Die zwei Geschwister der ersten Frau hatten eine Kuh. Die Kuh gab Milch, pinkelte Fett und schiss Datteln. Das war ihre Nahrung.

Eines Tages sagte die Stiefmutter:

Wie kommt es, dass meine Kinder so dünn und die zwei anderen so fett und gesund sind?

Da sagte sie zu ihrem Sohn:

Geh mit deinen anderen beiden Geschwistern und schau, was sie machen.

Am nächsten Tag ging der Sohn mit ihnen und ihrer Kuh. Die beiden sagten zu ihm:

Bruder, sollen wir dir etwas sagen, aber du darfst es niemandem weitersagen.

Ich werde es niemandem sagen, antwortete er.

Da sagten sie zu ihm: Unsere Kuh scheißt uns Datteln und pinkelt uns Fett.

Zusammen aßen sie davon bis sie satt waren.

Als sie nach Hause kamen, fragte die Stiefmutter ihren Sohn:

Was hast du heute bei ihnen gesehen?

Ich habe nichts gesehen, sagte der Sohn.

Am nächsten Tag sagte die Mutter zu ihrer Tochter:

Meine Tochter, geh du heute mit ihnen und schau, was sie machen.

Die Tochter ging mit ihren beiden Geschwistern und der Kuh.

Schwester, wir zeigen dir etwas, aber du darfst es niemandem weitersagen, sagten die beiden.

Wie soll ich etwas sagen? Gewiss sage ich niemandem etwas, sagte sie.

Unsere Kuh pinkelt uns Fett und scheißt Datteln für uns, sagten ihr die zwei Geschwister.

Zusammen aßen sie davon und dann sagte die Stiefschwester:

Meine Geschwister, schaut nach oben auf diesen Vogel. Da schauten die beiden nach oben, und sie nahm schnell ein paar Datteln und steckte sie in ihre Kopftasche.

Als sie nach Hause kamen, fragte die Mutter ihre Tochter:
Was hast du gesehen?
Frag meine Kopftasche und frag nicht mich, antwortete das Mädchen.
Die Mutter schaute in die Tasche und fand die Datteln, die das Mädchen dort
versteckt hatte. Am nächsten Tag sagte die Stiefmutter zum Vater:
Die Kuh muss getötet werden.
Der Vater wollte die Kuh töten, aber es ging nicht. Da verprügelten die Eltern
die beiden Kinder, bis sie zu ihrer Kuh sagten, dass sie sterben und geschlach-
tet werden muss. Da sagten sie endlich:
Kuh sei tot!
Und da war sie tot. Aber gekocht konnte die Kuh immer noch nicht werden.
Da verprügelte der Vater die beiden Geschwister noch einmal bis sie schließ-
lich doch sagten:
Koch!
Nachdem sie die Kuh gegessen hatten, sagte die Stiefmutter zu dem Vater:
Willst du mich behalten oder die beiden Kinder? Meine Kinder, antwortete er.
Die Frau fragte ihn dreimal. Und die beiden ersten Male hat er sich für seine
Kinder entschieden. Aber beim dritten Mal sagte er:
Ich will dich.
Da nahm der Vater die beiden Geschwister und ging mit ihnen bis zur Nacht
in die Wüste. Dort sagte er zu ihnen, er müsse pinkeln und verließ sie. Er
nahm den Wassersack und machte in ihn ein Loch, damit es sich anhöre, als ob
jemand pinkeln würde. Nach einer Weile sagte der Junge zu seiner Schwester:
Wie lange mein Vater pinkelt.
Nicht unser Vater pinkelt, es ist der Wassersack mit einem Loch, sagte die
Schwester.
Sie gingen zu dem Wassersack und verstopften das Loch. Dann schliefen
sie bis zum nächsten Morgen. Am Morgen gingen sie los, und gingen und
gingen. Auf dem Weg trafen sie eine Dämonin mit ihrem Sohn auf dem
Rücken. Sie sagten:
Wir haben Hunger.
Da gab die Dämonin ihnen Zucker zu essen. Die Dämonin schaute auf die
Hände der Kinder, ob sie fett sind. Da sagte der Sohn der Dämonin:
Sie werden unseren ganzen Zucker aufessen!
Hier nimm die Brust und sei still, sagte die Dämonin zu ihrem Sohn.

Und noch einmal nahm die Dämonin die Hände der Geschwister und schaute, ob sie fett seien. Tante, wie tötet man eine Dämonin, fragte der Junge die Dämonin.

Warum wollt ihr mich töten? sagte die Dämonin.

Wie können wir das tun? Hast du uns doch unser Leben gerettet, sagte der Junge.

Gut, sieben Haare von meinem Hinterkopf, sagte die Dämonin. Und zu dem Mädchen: Schau auf meinem Kopf nach, ob ich nicht Läuse habe.

Und dabei riss das Mädchen sieben Haare vom Hinterkopf der Dämonin. Die Dämonin musste sterben, weil sie die Kinder hatte essen wollen.

Dann sagte der Bruder zu seiner Schwester:

Wir müssen auch ihren Sohn töten, er ist ein kleiner Dämon.

Und da töteten sie auch ihn.

Die zwei Geschwister liefen los, bis sie zum Wasser kamen. Da wollte sich das Mädchen die Haare kämmen, aber sie hatte ihren Kamm vergessen. Sie wollte zurück und ihren Kamm holen, aber der Bruder sagte: Ich werde ihn dir bringen. Und wenn dir in der Zwischenzeit etwas nachgeht, dreh dich auf keinen Fall um, sagte die Schwester. Gut, sagte der Bruder und lief los. Während er lief, hörte er, dass eine Gazelle nach ihm pfiff, da drehte er sich doch um. Und er sah die Gazelle und zwischen ihren Hörnern den Kamm. Er nahm sich den Kamm und lief zu seiner Schwester zurück und gab ihr den Kamm.

Die Zeit verging, die beiden Kinder wurden groß, heirateten und sammelten die Knochen ihrer Kuh wieder ein. Und da war sie wieder zum Leben erwacht. Die Leute aber sagten, dass die Geschwister ihre Kuh schlachten müssen, obwohl die beiden das nicht wollten. Schließlich haben sie die Kuh doch geschlachtet, obwohl die Schwester nicht mitmachen wollte. Ihr Bruder musste seine Schwester so lange verprügeln, bis sie auch zur Kuh sagte:

Sei tot.

Da erst starb die Kuh. Und noch einmal verprügelte der Bruder seine Schwester, bis sie zu der Kuh sagte:

Sei gar!

Und die Kuh garte.

Alle Leute haben von der Kuh gegessen und dann geschlafen.

Die drei Vögel

erzählt von Salem Alfahad

Es waren einmal zwei Freunde. Sie sagten zueinander: wir nehmen jeder Mehl mit und gehen zusammen in die Berge, wir essen gemeinsam von unserem Mehl, und wenn das eine aufgegessen ist, essen wir von dem Mehl des anderen. Sie gingen und gingen, und immer wenn sie sich an einem Ort niederließen, machten sie Brot mit dem Mehl des einen, bis der Sack leer war.

Mein Mehl ist alle, jetzt essen wir von deinem Mehl, sagte der eine.

Nein, ich gebe dir von meinem Mehl nur, wenn du dein eines Auge heraus nimmst, antwortete der andere.

Wie, ich soll mein Auge raus nehmen und nur mit einem Auge leben? fragte er.

Du musst dein Auge heraus nehmen oder ich gebe dir kein Mehl.

Da nahm der eine sein Auge heraus. Sie machten Brot und aßen es. Dann gingen sie weiter und weiter bis sie zu einem Brunnen kamen. Da sagte der eine mit dem einen Auge: Lass uns Brot machen, ich habe wirklich Hunger.

Nein, nur wenn du dein anderes Auge auch raus nimmst, antwortete der andere.

Wie, sollte ich mein zweites Auge auch raus nehmen, kann ich doch dann gar nicht mehr sehen.

Wir sind jetzt an einem Brunnen und können Brot machen.

Gut, dann nehme ich mein Auge heraus, sagte der Mann mit dem einen Auge.

Da nahm er sein Auge heraus und war blind. Da kamen drei Vögel und einer von ihnen sagte: Seht ihr den Mann neben dem Baum am Brunnen sitzen. Wenn er zu dem Baum geht und Kajal[3] in seine Augen streicht, dann kann er wieder sehen.

Da kroch der Mann bis zu dem Baum, suchte und fand ein kleines Stöckchen, mit dem er Kajal in seine Augen streichen konnte. Jeden Tag bestrich er seine Augen mit Kajal, bis er wieder sehen konnte.

Da sagte einer der drei Vögel: Wenn er bei dem Baum gräbt, dann findet er dort Gold. Er grub und fand das Gold und nahm es und ging zu seiner Familie zurück. Da gab es ein großes Essen für ihn und seine ganze Familie.

---

3   „Khol" – Bei den Beduinenfrauen: Ruß vermischt mit Spucke; damit werden die Augen umrandet und die Augenbrauen nachgezogen.

Und es kam auch sein alter Freund. Wie kommt es, dass du wieder sehen kannst?

Weißt du noch, wie du mich bei dem Brunnen zurückgelassen hast? Dort habe ich Gold gefunden, sagte er. In der Nacht lief und lief der andere, bis er zu dem Brunnen kam, er stieg bis zur Hälfte hinunter in den Brunnenschacht.

Da kamen die drei Vögel und sagten: Das ist der Mann, der zweimal Böses tat. Sie schütteten Sand auf ihn, bis er starb.

Die Schwester und ihre sieben Gesellen

erzählt von Salem Alfahad

Ein Mann namens Mohammed hatte eine Schwester. Als er eines Tages zu ihr kam, sah er, jemand hatte etwas von seinem Essen gegessen. Er fragte sie: Wer hat von meinem Essen gegessen?

Ich, antwortete sie.

Nein, du lügst, sagte er.

Sie rief: Sieben! Kommt und schlagt meinen Bruder.

Da kamen ihre sieben Männer und der siebte von ihnen war schwarz. Sie schlugen auf ihn ein, bis er am Boden lag. Dann ließen sie von ihm ab und ließen ihn alleine liegen nur mit seiner Kamelstute und seinem Hund. Der Hund leckte die Wunden des Mannes und die Kamelstute gab ihm ihre Milch bis er wieder gesund, ja gesünder als jemals zuvor war.

Die Leute fragten die Schwester:

Wo ist Mohammed?

Und sie antwortete, der ist schon vor langer Zeit gestorben und die Würmer haben seinen Körper längst gefressen.

Mohammed aber zog eines Nachts alte, zerschlissene Kleider an und ging zu seiner Schwester und ihren sieben Männern. Er setzte sich an das Feuer, auf dem ein großer Topf brodelte und legte etwas Brennholz nach. Sein Schwester saß da und rieb und schnitzelte. Sie sah zu ihm hin und sagte zu sich: Seine Augen sind die Augen Mohammeds, aber seine Kleider sind die eines armen Mannes. Mohammed füllte sich heimlich etwas von der Suppe aus dem Topf ab und ging nachts, als die sieben Männer schliefen, zu ihnen und träufelte einem jeden etwas von der Brühe in die Nase. Da waren alle sieben tot.

Seine Schwester war schwanger. Er führte sie in ein sehr enges Wadi, das von den Kamelherden passiert wird. Er band Hände und Füße der Schwester fest an einen großen Stein. Zu jedem Kamel, das durch das Wadi lief, sagte sie: Bitte, geh an mir vorbei und nicht über mich hinweg.

Das taten die Kamele dann auch nicht. Nur das Kamel des Bruders lief über sie hinweg, bis sie darnieder lag und zertrampelt war. Da kam der Bruder und fand im Bauch der toten Schwester sieben lebendige Kinder und das siebte der Kinder war schwarz.

Dieses siebte Kind nahm Mohammed zu sich und hütete es, bis es groß war. Dann sah Mohammed eines Tages, wie der schwarze Junge seiner Schwester das Messer wetzte und dabei sagte:

Sei scharf, mein Messer, damit ich den Mörder meiner Mutter und meines Vaters töten kann.

Da gab Mohammed dem Jungen reichlich zu essen und setzte ihn auf ein widerspenstiges Kamel. Das Kamel rannte los, sprang und bockte und warf den Jungen ab auf den Boden. Da lag der Junge mit offenem Bauch auf dem Boden und starb.

Mohammed aber heiratete, holte die sechs anderen Kinder zu sich und hatte ein gutes Leben mit seiner Familie und den Kamelen. Er war glücklich, dass er von seiner Schwester befreit war.

Das ist meine Geschichte. Sie wird leben und leben und von den Weizenkörnern essen.

Mond und Stern

erzählt von Selmi Alfahad

Es waren zwei Schwestern, die eine hieß Stern und die andere Mond. Sie lebten mit ihrer schwangeren Mutter zusammen. Stern ging mit den Ziegen und Mond blieb zusammen mit dem schwarzen Gehilfen bei den Kamelen. Stern sagte zu Mond:
Lass unsere Mutter nicht auf ein widerspenstiges Kamel.
In Ordnung, erwiderte Mond.
Als Stern gegangen war, setzte Mond ihre Mutter auf das widerspenstige Kamel. Und dieses sprang, rannte und bockte bis die Mutter vom Kamel fiel und tot war.
Da kam Stern und fand ihre Mutter tot mit offenem Bauch; aus dem Bauch holte sie zwei Kinder heraus. Es waren zwei Jungs. Stern legte sie unter einen Baum und gab ihnen Ziegen- und Kamelmilch zu trinken, bis sie groß waren und sprechen konnten.
Eines Tages sah Stern Leute unter dem Baum bei ihren Brüdern. Einer der Brüder sagte zu dem anderen:
Was bekomme ich, wenn ich in das Glas des Anführers pinkle?
Du bekommst die Hälfte der Milch, die unsere Schwester holt, antwortete der andere Bruder. Und da pinkelte er.
Der Anführer der Leute schaute nach oben und da saßen die beiden Jungs in dem Baum. Die Leute blieben bis zum Mittag und gingen erst dann weiter. Auf dem Weg sagte der Anführer:
Ich will zurückgehen.
Nein, wir können nicht zurückgehen.
Doch, ich werde zurückgehen, sagte er.
Als der Anführer bei dem Baum angekommen war, fand er das Mädchen vor. Du kannst die beiden Kinder mir geben, ich werde über sie wachen bis sie groß sind, dann können sie zurück zu dir kommen, sagte der Führer.
Gut, sagte das Mädchen.
Nimm diese zwei Palmblätter und wenn eines vertrocknet ist, dann bedeutet das, dass eines von den Kleinen gestorben ist. Und wenn die Blätter gelb werden, dann bedeutet das, dass sie krank sind, sagte der Mann. Und dann ging der Anführer mit den beiden Brüdern weg. Eines der Blätter wurde

gelb und gelber bis es ganz trocken war und dann schmiss Stern es weg. Das andere Blatt behielt sie.

Ihre Schwester Mond und der schwarze Mann behandelten Stern sehr schlecht. Sie musste von den Kamelen alle kleinen Insekten klauben bis kein Insekt mehr auf einem Kamel war. Morgens und abends musste Stern sich mit Holzkohle schwarz anmalen, bis sie aussah wie ihre Schwester und der schwarze Mann. Und so ging das Tag für Tag.

Als Stern eines Tages mit den Ziegen in den Bergen war, da kam ein fremder Mann zu ihr und sie aßen zusammen. Nach dem Essen bat der Mann Stern: Schau nach Läusen in meinen Haaren.

Damals als Stern die beiden Jungs aus dem Bauch ihrer Mutter holte, hatte sie mit dem Messer den Kopf des einen Jungen verletzt. Als sie nun den Kopf des Mannes absuchte, sah sie die Schnittwunde und fing an zu weinen.

Warum weinst du? fragte er sie.

Du bist mein Bruder, sagte sie.

Wie? Ich bin dein Bruder?

Und da erzählte sie ihm die ganze Geschichte.

Gut, nimm diese Flasche Wasser und wasch dich, du siehst so schwarz aus, aber ich bin weiß, sagte er.

Nachdem sie sich gewaschen hatte, hatte sie die gleiche helle Haut wie er.

Jetzt sammle alle Insekten von den Kamelen und wenn du bei eurem Zelt bist, dann lasse sie los. Da ließ sie die Insekten frei und die Kamelen sprangen, bockten und rannten. Mond und der schwarze Mann schimpften mit Stern.

Da aber kam der Bruder Sterns und schnitt dem schwarzen Gehilfen und seiner Schwester Mond den Kopf ab. Stern und ihr Bruder gingen dann weg, sie bauten Häuser und lebten dort, sie heirateten und nachdem Stern ein schlimmes Leben gehabt hatte, hatte sie nun ein schönes Leben.

Das ist meine Geschichte. Sie wird leben und leben und aufgehen wie Weizenkörner.

Die Schlange

erzählt von Mubarak Selim

Es waren einmal Leute, die wollten eine Schlange töten. Die Schlange aber ringelte sich um den Bauch von einem der Männer und sagte zu ihm: Bitte, hilf mir.
Da sagte er zu den Anderen: Lasst die Schlange.
Und er lief mit der Schlange weg. Als sie von den anderen weit entfernt waren, sagte er:
Jetzt lass mich los, ich habe dir eine Freundlichkeit erwiesen.
Nein, in unserem Leben gibt es keine Freundlichkeit, antwortete die Schlange.
Und immer weiter umschloss sie seinen Bauch.
Gut, sagte der Mann, dann fragen wir drei Leute. Wenn sie sagen, es gibt in unserem Leben Freundlichkeit, dann lässt du mich los.
In Ordnung, erwiderte die Schlange.
Sie liefen und liefen, bis sie einen Mann trafen. Ihn fragten sie:
Gibt es in unserem Leben Freundlichkeit.
Nein, antwortete der Mann. Sie liefen weiter und trafen einen anderen Mann.
Auch ihn fragten sie, und auch er antwortete:
Nein, in unserem Leben gibt es keine Freundlichkeit.
Dann trafen sie den Fuchs und fragten auch ihn, und er sagte:
Gut, lauft 100 Schritte nebeneinander, dann kommt zu mir, denn dann antworte ich euch. Als die Schlange den Mann losließ, um neben ihm zu laufen, sagte der Fuchs zu dem Mann:
Renn, renn, denn in unserem Leben gibt es keine Freundlichkeit. Und da rannte der Mann, bis man ihn nicht mehr sah.

Der schlaue Fuchs

erzählt von Lafi Awad

Es waren einmal eine Hyäne, ein Fuchs, ein Wolf und ein Tiger. Die Hyäne war die Tante des Fuchses. Und als sie eines Tages alle zusammen unterwegs waren, sagten sie: Wir wollen uns ein schönes Essen machen.

Der Wolf sagte: Ich werde uns einen Hammel holen.

Und ich werde uns ein Kamel holen, sagte der Tiger.

Ich werde uns einen Esel holen, sagte die Hyäne.

Und ich, ich werde ein Kaninchen holen, sagte der Fuchs.

So machen wir es, sagten sie. Wir brauchen einen großen Topf, in dem wir das alles kochen können. Nachdem sie das viele Fleisch gekocht und sich satt gegessen hatten, legten sie sich zum Schlafen nieder. Nur der Fuchs blieb wach, um auf das restliche Fleisch aufzupassen. Aber als die anderen schliefen, fraß er das ganze Fleisch auf und versteckte die Knochen im Po seiner Hyänentante.

Als die anderen aufwachten, fragten sie:

Wer hat das ganze Fleisch gefressen?

Sie fragten den Fuchs:

Hast du das Fleisch gefressen?

Aber der Fuchs sagte, nein, ich habe das Fleisch nicht gegessen.

Sie machten ein großes Feuer um zu sehen, wer das Fleisch gefressen hat. Der Fuchs sprang als erster über das Feuer und musste furzen.

Du hast das Fleisch gefressen!

Nein, habe ich nicht, ich habe nur ein kleines bisschen davon gegessen, antwortete er.

Dann sprang der Tiger, dann der Wolf. Dann war nur noch die Hyäne übrig. Sie sprang als letzte über das Feuer und da fielen ihr die Knochen raus aus dem Po ins Feuer. Die Tiere schlugen und schlugen auf die Hyäne ein, nur der Fuchs schlug sie nicht. Schließlich gingen Tiger und Wolf. Nur der Fuchs blieb. Er schrie und weinte und schluchzte:

Meine Tante ist gestorben, meine Tante ist gestorben.

Da sagte die Hyäne, ich bin nicht tot.

Meine Tante lebt noch! Meine Tante lebt noch! schrie der Fuchs.

Da kamen Tiger und Wolf zurück und schlugen und schlugen auf die Hyäne ein und gingen dann wieder. Der Fuchs aber blieb am Kopf seiner Tante sitzen und schrie und weinte und schluchzte:

Meine Tante ist gestorben! Meine Tante ist gestorben!

Ich bin noch am Leben! sagte sie.

Meine Tante lebt! Meine Tante lebt! schrie der Fuchs.

Und wieder kamen der Tiger und der Wolf zurück, um die Hyäne zu schlagen. Und sie schlugen sie. Und dann gingen sie weit weg. Als der Fuchs wieder schrie:

Meine Tante lebt! Meine Tante lebt!

Da konnten sie ihn nicht hören. Also machten sich auch Hyäne und Fuchs auf den Weg.

Als später der Fuchs den Wolf traf, sagte er zu ihm: Lass uns zusammen gehen.

Wie willst du mit mir gehen, wenn du nicht denselben Weg gehst, sagte der Wolf.

Ich werde denselben Weg wie du gehen, antwortete der Fuchs.

Sie tranken und dann liefen sie los und liefen. Unterwegs sagte der Fuchs: Ich habe Durst.

Gut, mein Freund, kriech in meinen Po und durch die Gedärme und dann findest du in meinem Bauch zwei Sorten von Wasser. Aber trink nur von dem klaren Wasser und schau nicht nach oben.

Nein, nein, ich werde nicht nach oben schauen, du hast mich vor dem Tod gerettet, sagte der Fuchs.

Dann kroch der Fuchs durch den Wolf bis zu dessen Bauch und trank. Dabei fragte er sich, warum darf ich eigentlich nicht nach oben schauen? Und da schaute er nach oben und sah dort Fett hängen. Er fing an zu fressen und zu fressen.

Nein, nein, Fuchs, schrie der Wolf.

Aber der Fuchs hörte nicht auf. Der Wolf starb und seine Haut wurde trocken und starr und da kam der Fuchs nicht mehr aus dem Wolf heraus.

Bitte, Gott, lass es regnen! Bitte, Gott, lass es regnen! Und ich werde ein Wadi mit Milch und ein Wadi mit Blut füllen, sagte der Fuchs.

Da regnete es und der Fuchs kam aus dem Wolf wieder heraus. Die Wolfshaut steckte er in einen Sack und ließ ihn dort liegen.

Dann ging der Fuchs zu seiner Tante und sagte zu ihr: Darf ich mit deinen Ziegen gehen? Ja, antwortete sie. So ging er tagtäglich mit den Ziegen in die Berge, aber dann ging er eines Tages ein bisschen weiter. Er molk die Ziegen bis das Wadi voller Milch war, und dann tötete er die ganze Ziegenherde, und das Wadi war voller Blut. Den Kopf einer Ziege steckte der Fuchs auf einen Strauch. Und als seine Tante kam, fragte sie ihn:

Wo sind unsere Ziegen?

Da! Siehst du nicht die eine dort in diesem Strauch? sagte er.

Die Tante wartete, dass die Ziegen kommen, aber sie kamen nicht. Da ging sie zu den Ziegen hin und fand sie alle tot.

Da packte die Hyänentante den Fuchs mit ihrem Maul und lief los. Der Fuchs schrie: Lass mich los, Tante, lass mich los!

Denn er wollte wegrennen, aber sie hielt ihn fest. Sie hatte ihn mit ihren Zähnen gepackt. Da sagte der Fuchs:

Ach, du willst mich mit deiner Tochter verheiraten!

Nein! sagte die Hyäne und dabei fiel ihr der Fuchs aus dem Maul und der rannte weg.

Der Fuchs ging zu den Menschen und tauschte Mehl und andere Sachen. Er gab ihnen Mehl als ob es sein eigenes wäre und bekam dafür ein totes Tier. Die Menschen aber schmissen seine Sachen in einen Sack, weil sie stanken. Als er nun fragte, wo sind meine Sachen? antworteten sie ihm, wir haben sie weggeschmissen, weil sie so stanken. Ich werde die, die auf den Kamelen sitzen, weinen und die, die laufen müssen, lachen lassen, antwortete der Fuchs. Er band Metall und Steine in den Schwanz eines Kamels und schlug es. Daraufhin rannte das Kamel los und das Metall klapperte so laut, dass alle Kamele anfingen zu rennen und zu springen. Und die Leute auf den Kamelen weinten und die, die zu Fuß laufen mussten, lachten über sie.

Da kamen die Leute zu ihm und gaben dem Fuchs alles, Datteln, Mehl und einfach alles.

Dann ging der Fuchs zurück zu seiner Tante, er war traurig wegen ihr. Er wollte ihre Tochter heiraten. Da sagte seine Tante:

Bitte, gib mir ein bisschen von den Datteln ab.

Nur wenn du deinen Kopf auf diesen großen Stein haust.

Sie warf ihren Kopf auf den Stein, und er gab ihr ein klein wenig.

Gib mir mehr, sagte sie.

Nur wenn du deinen Kopf mehr auf den Stein haust, dann gebe ich dir mehr, sagte der Fuchs. Da haute sie ihren Kopf auf den Stein bis ihr Kopf blutete.

Nein, hau stärker, damit ich dir mehr Datteln geben kann. Da haute sie ihren Kopf so stark auf den Stein bis ihr Kopf in zwei Stücke zerbrach und sie tot war.

Da nahm der Fuchs die Datteln ging zur Tochter seiner Tante und heiratete sie.

Der Wüstenfuchs

erzählt von Lafi Awad

Eines Tages fragte der Tiger den Fuchs:
Kommst du mit mir?
Gut, sagte der Fuchs.
Zusammen gingen sie an einen Ort, an dem es Wasser gab. Dort angekommen, sagte der Tiger zum Fuchs:
Ich will ein bisschen schlafen, aber wenn etwas Großes kommt, weck mich auf.
Gut, antwortete der Fuchs.
Der Tiger schlief ein. Nach ein paar Minuten kam ein Kaninchen. Der Fuchs weckte den Tiger auf. Als dieser das Kaninchen sah, sagte er zum Fuchs:
Ich habe gesagt etwas Großes!
Er schlug den Fuchs und sagte:
Wenn du etwas Großes siehst, weck mich auf!
Dann schlief er wieder ein. Da kam eine Ziege zum Wasserloch und der Fuchs weckte den Tiger auf. Als dieser die Ziege sah, sagte er:
Ich habe gesagt, etwas Großes!
Und er schlug den Fuchs und schlief wieder ein. Dann kam der Esel und der Fuchs weckte den Tiger auf. Und als dieser den Esel sah, schlug er den Fuchs und sagte zu ihm:
Ich habe gesagt etwas Großes!
Und schlief wieder ein. Und dann kam das Kamel und der Fuchs weckte den Tiger auf.
Ja, das ist gut, sagte der Tiger und stand auf. Siehst du, wie meine Haare sich aufrichten? fragte der Tiger den Fuchs.
Ja, antwortete der Fuchs.
Siehst du, dass meine Augen rot sind und mein Schwanz hoch steht? fragte der Tiger den Fuchs.
Ja, sagte der Fuchs.
Da sprang der Tiger auf das Kamel und fraß es auf.
Als sie zurückkamen, fragte der Fuchs die Maus, ob sie mit ihm gehen wolle, und sie gingen zu dem selben Platz mit dem Wasser. Der Fuchs sagte zu der Maus:
Ich will ein bisschen schlafen, aber wenn etwas Großes kommt, weck mich auf.
Gut, sagte die Maus.

Da kam das Kaninchen und die Maus weckte den Fuchs auf. Als der Fuchs das Kaninchen sah, schlug er die Maus und sagte:

Ich habe gesagt etwas Großes!

Und schlief wieder ein. Dann kam die Ziege. Und die Maus weckte den Fuchs auf, und als er die Ziege sah, sagte er:

Ich habe gesagt, wenn etwas Großes kommt, weck mich auf.

Und er schlug die Maus und schlief wieder ein. Endlich kam das Kamel und die Maus weckte den Fuchs auf.

Siehst du, wie meine Haare sich aufrichten, fragte der Fuchs die Maus.

Ja, sagte die Maus.

Siehst du, dass meine Augen rot sind und mein Schwanz hoch steht? fragte der Fuchs die Maus. Nein, antwortete die Maus.

Der Fuchs schlug die Maus, und da sagte sie ja. Dann sprang der Fuchs auf das Kamel, aber das Kamel schmiss den Fuchs weit von sich herunter. Der Fuchs lag auf den Steinen. Da kam die Maus zu ihm und sagte:

Jetzt sehe ich, dass deine Haare sich sträuben, deine Augen rot sind und dein Schwanz hoch steht.

Geschichten aus dem Beduinenleben

Das Vermächtnis

erzählt von Said Salama

Es war einmal ein reicher Mann. Bevor er starb, machte er sein Testament. Zu seinem Sohn sagte er:
Mein Sohn, bau dir überall, wo du wohnst, eine Moschee, wohne immer bei den Bäumen und ziehe jeden Tag ein neues Gewand an.
Dann starb der Vater und sein Sohn machte genau das, was sein Vater von ihm verlangt hatte. Er zog mit seiner Frau fort von dem Dorf, wo sie gewohnt hatten, zog hinaus zu den Bäumen, baute in jedem Land eine Moschee und zog jeden Tag ein neues Gewand an, bis er arm war und kein Geld mehr hatte.
Die Leute redeten darüber, wie sehr reich er gewesen und wie arm er jetzt war.
Da ging er weg aus seinem Dorf und verließ seine Familie.
Er kam zu einem reichen Mann, bei ihm konnte er arbeiten. Der Mann gab ihm ein paar Schuhe aus Ziegenleder und sagte:
Du kannst bei mir arbeiten, bis diese Schuhe kaputt gehen, dann will ich dir als Lohn drei Kamele geben.
Der Mann arbeitete und arbeitete, er ging jeden Tag mit den Kamelen hinaus, wo sie genügend Grün zum Fressen fanden.
Eines Tages, als er mit den Kamelen unterwegs war, traf er eine alte Frau. Sie setzte sich zu ihm und er erzählte ihr seine Geschichte. Da sagte die Frau zu ihm:
Wenn deine Schuhe kaputt gehen sollen, dann lege sie in der Nacht, wenn du schläfst, bis zum Morgen ins Wasser.
Der Mann tat, was die Frau ihm gesagt hatte, und nach wenigen Tagen waren seine Schuhe kaputt.
Da ging er zu dem reichen Mann und sagte:
Meine Schuhe sind kaputt, gib mir die Kamele, die du mir versprochen hast, ich will dich verlassen.
Der Mann gab ihm die drei Kamele und er ging und ging und ging. Auf seinem Weg traf er einen alten Mann. Und wie er bei ihm saß, erzählte er ihm seine Geschichte. Da sagte der Mann:
Ich will dir erklären, was dein Vater meinte, aber für jede einzelne Erklärung musst du mir ein Kamel geben.
In Ordnung, antwortete er ihm.
Dein Vater meinte damit, dass du in jedem Land eine Moschee bauen sollst, dass du dir in jedem Land einen Freund gewinnen sollst. Und „dass du bei

den Bäumen wohnst" meint, dass du bei deiner Familie bleiben sollst, und „dass du jeden Tag etwas Neues anziehen sollst", meint, dass du jeden Tag dein Gewand waschen sollst.

Ich gebe dir noch zwei Ratschläge. Der erste ist, geh zu einer Hochzeit. Und der zweite ist, schlaf nicht auf Blut, also töte niemanden.

Dann ging der Mann und ging und ging, bis er zwei Männer mit zwei Kamelen traf. Er ging mit ihnen. Sie trafen auf eine Hochzeitsgesellschaft. Nur er, nicht seine beiden Freunde, gingen zur Hochzeit. Als er schließlich zurückkam, fand er die beiden Männer tot auf. Während seine beiden Freunde da geblieben waren, waren sie in Streit geraten und hatten einander getötet.

Der Mann fand in den Satteltaschen der Kamele sehr viel Geld. Das nahm er an sich wie auch die beiden Kamele. Nun wollte er heimkehren, zu seinem Stamm und seiner Familie. Er lief und lief und lief, bis er zu seinem Dorf kam. Aber er ging nicht in das Dorf hinein. Von weitem beobachtete er sein Haus. Da sah er, dass immer nachts ein Mann in sein Haus ging. Und jede Nacht wollte er zu seinem Haus gehen und seine Frau töten, weil sie ihn betrog. Aber er erinnerte sich an den Ratschlag des alten Mannes, dass er nicht auf Blut schlafen solle.

Da ging der Mann schließlich zu seinem Haus und fragte seine Frau: Wer ist dieser Mann?

Und sie sagte: Das ist dein Sohn, denn ich war schwanger, als du weggegangen bist.

Kamelraub

erzählt von Mubarak Selim

Vor langer, langer Zeit sagte ein Mann zu seinem Freund:
Ich möchte mit dir zusammen gehen, um Ziegen und etwas zu essen zu holen.
Gut, antwortete dieser.
Sie bestiegen ein kleines Boot und fuhren damit auf die andere Seite des Meeres. Aber als sie ankamen, erkannten die Leute einen von den beiden Männern und nahmen ihn fest, weil er vor langer Zeit einen Streit mit ihnen gehabt hatte. Der andere blieb unbehelligt, aber er hatte Angst und die ganze Nacht war sein Messer griffbereit.
Am nächsten Morgen lief er weg. Unterwegs sah er Kamele, die er stehlen wollte. Aber die Leute von diesem anderen Land sahen ihn und nahmen auch ihn gefangen.
Dann schlachteten sie ein kleines Kamel und steckten den Mann in die Kamelhaut und nähten sie zu. Er blieb in der Haut, bis sie außen ganz und gar von Insekten bedeckt war. Da kam eine Frau und sagte zu ihm:
Wenn du in der Haut bis zum Zelt des Sheikhs rollst, dann wirst du frei sein.
Da rollte er bis zum Zelt des Sheikhs. Die einen befreiten ihn aus der Haut und heilten ihn. Die anderen gingen zum Sheikh und verlangten seinen Tod.
Der Sheikh aber gab ihm Datteln und Wasser und sagte zu ihm:
Geh, bevor die Männer dich töten.
Da ging er und lief, bis er zu einem Wadi mit einem großen Berg kam. Als er in der Mitte des Wadis stand, sah er zwei Leute auf zwei Kamelen, die ihn suchten. Er kletterte auf die andere Seite des Berges und wieder zurück zu den zwei Kamelen, er bestieg eines und ritt – so schnell er konnte – weg. Einer von der beiden Männern, die ihn verfolgten, schwang sich auf das andere Kamel und verfolgte ihn. Da zog er einen Stock aus seiner Tasche und schlug seinen Verfolger, bis dieser von seinem Kamel fiel. Er nahm sich auch das zweite Kamel und machte sich auf den Heimweg zu seiner Familie. Dem Mann, den er gebeten hatte, auf seine Kinder aufzupassen, bis er zurückkommt, dem gab er ein Kamel. Und sie alle lebten gut zusammen.

Sheikh Agape und Sheikh Agelan

erzählt von Lafi Awad

Sheikh Agape und Sheikh Agelan gehörten zwei unterschiedlichen Stämmen an. Sie stritten sich um einen Brunnen. Jeder von ihnen wollte ihn ganz für sich und seine Kamele und seine Ziegen allein haben. Da ihn jeder für sich alleine wollte, kam es zum Krieg zwischen den beiden Stämmen, zwischen Sheikh Agape und Sheikh Agelan. Sheikh Agelan tötete viele Männer von Sheikh Agape, und die übrigen flohen. Sie gingen zu dem Sheikh eines anderen Stammes. Dieser entschied, dass Sheikh Agape und Sheikh Agelan sich den Brunnen teilen müssen. Einen Tag der eine, den anderen Tag der andere. So war es nun. Bis eines Tages Sheikh Agelan ein schönes Mädchen am Brunnen sah. Er verliebte sich in das Mädchen. Das Mädchen hieß Washä[4] und war die Tochter von Sheikh Agape. Sie sagte:
Dieser Krieg zwischen euch ist nicht gut, es wäre doch besser, ihr benützt den Brunnen gemeinsam. Da ging Sheikh Agelan zu Sheikh Agape und bat ihn um die Hand seiner Tochter. Dieser fragte das Mädchen Washä, ob sie die Frau von Sheikh Agelan werden wolle. Sie willigte ein unter der Bedingung, dass beide Stämme den Brunnen gemeinsam nutzen. Seit diesem Tag trinken die Tiere von Sheikh Agape und Sheikh Agelan gemeinsam und friedlich aus dem Brunnen.

---

4   Das Verb *washa* bedeutet „schmücken, verzieren".

Der arme junge Mann

erzählt von Lafi Awad

Es war einmal ein armer junger Mann. Er arbeitete für einen alten Mann mit dessen Kamelen. Er versorgte sie, holte sie zurück, gab ihnen abends zu essen, band sie fest, morgens band er sie los, schnürte die Vorderbeine nicht zu locker zusammen, ließ sie laufen. Als Lohn für die Arbeit erhielt er jedes Jahr ein junges Kamel.

Von einem Berg aus beobachtete ihn ein schönes Mädchen bei der Arbeit mit den Kamelen. Als sie ihrem Vater davon erzählte, forderte der den jungen Mann auf, wegzugehen. Der alte Mann ließ ihn mit seinen drei Kamelen von dannen ziehen. Er forderte ihn auf, immer daran zu denken, was sich gehört. Eines Tages traf der junge Mann einen anderen Mann, der hatte ein Pferd. Die Satteltaschen des Pferdes waren voller Gold. Als der Abend kam, legte sich der junge Mann zum Schlafen nieder. Der andere jedoch wollte, obwohl es sich nicht gehörte, weiter reiten – und tat es. Am nächsten Tag wachte der junge Mann auf und zog mit seinen Kamelen weiter. Unterwegs begegnete ihm das herrenlose Pferd mit den Taschen voller Gold. Der Reiter war des Nachts von einer Schlange gebissen worden und jetzt tot. Der junge Mann nahm das Pferd und das Gold an sich.

Handel mit Fisch

erzählt von Lafi Awad

Drei Männer, Großvater, Vater und Sohn, arbeiteten auf dem Meer. Sie fingen viele Fische, dann ruhten sie sich im Schatten aus.
Lasst uns Mittagessen machen, wir haben viel Fisch.
Lasst uns Reis mit Fisch machen.
Der jüngste von den dreien, der Sohn, wurde mit Fischen am Strand entlang geschickt, um sie zu verkaufen. Großvater und Vater machten währenddessen das Essen. Die restlichen Fische säuberte der alte Mann und hing sie zum Trocknen in eine Akazie. Nach 20 Tagen war der Fisch getrocknet. Sie sammelten ihn von dem Baum ein und packten den Trockenfisch in sechs Säcke. Mit dem Kamel brachten die drei Männer den Fisch in die Berge zu ihrer Familie. Endlich waren sie angekommen. Die Leute sagten:
Lange haben wir so etwas nicht gesehen, sechs Säcke!
Dann machten sie Mittagessen mit dem getrockneten Fisch. Da sie kein Geld hatten, wollte der Mann einen Sack getrockneten Fisch gegen ein Zicklein tauschen. Er sagte:
Vier Säcke! Wo ist der Mann mit dem Fisch. Wo ist er?
Eines Tages tranken sie Kaffee. Die Leute hatten zwei Säcke Datteln bei sich. Sie sagten:
Wo ist der Fisch?
Wir haben Fisch, aber einen Moment. –
Er ging ins Haus der Familie. Sie aßen zusammen Mittag, Fisch mit Reis, köstlichen Fisch. Erst das Essen, dann das Palaver.
Wir wollen allen Fisch.
Gut.
Aber wir haben kein Geld, dafür haben wir Datteln.
Auch gut.

Bruder und Schwester

erzählt von Mubarak Selim

Es war einmal ein Mädchen. Tag für Tag ging sie mit den Ziegen in die Berge. Ihr Bruder blieb im Haus und bereitete das Essen in der Zeit bis seine Schwester zurückkam. Einer ihrer Nachbarn sagte zum Bruder:
Gib mir deine Schwester zur Frau.
Nein, antwortete er.
Alle im Dorf waren traurig über die Antwort des Bruders.
Eines Tages kam das Mädchen nach Hause und wollte wie immer von dem Essen kosten. Aber dieses Mal war zwar das Essen da, aber ihr Bruder lag da und rührte sich nicht. Sie ging zu dem Essen, um es zu probieren, und das Essen war sauer.
Warum schläfst du, wenn die Sonne gleich untergehen wird, mein Bruder? fragte sie ihn.
Da der Bruder nicht antwortete, ging sie zu ihm hin und da sah sie, dass er tot war. Der Mann, der ihren Bruder getötet hatte, war der, der sie heiraten wollte. Und jetzt heiratete er sie.
Sie bekam drei Söhne von ihm. Allerdings schlief ihr Mann nicht so oft bei ihr, weil er immer Angst hatte, dass sie ihn wegen ihres toten Bruders töten würde. Dann kam das Fest Aid. Und ihr Mann brachte für die Kinder neue Kleider mit. Während er seinen Söhnen die Kleider anzog, sah er, wie seine Frau glücklich lachte. Da sagte er zu sich selbst: endlich hat sie die Geschichte mit ihrem Bruder vergessen. In dieser Nacht schlief er mit seiner Frau. Aber als er eingeschlafen war, tötete sie ihn und nahm die Leber aus seinem Körper. Das restliche Festessen brachte sie zu seinen Schwestern. Als sie es probierten, sagten sie:
Das schmeckt ja sauer!
Ihr sollt dasselbe essen wie ich.
Und sie meinte damit die Leber ihres Bruders. Dann ging sie weg und die Schwestern des Mannes fanden ihren Bruder tot auf. Sie aber ging zurück zu ihrem Haus.

Der Bruder

erzählt von Mubarak Selim

Es gab einmal zwei Schwestern. Sie gingen immer zusammen mit den Ziegen in die Berge.

Eines Tages kam ein Mann, zog eines der Mädchen an den Haaren und rannte dann mit ihr weg. Das Mädchen aber wollte nicht mit ihm gehen.

Als ihre Schwester kam und sie nicht fand, ging sie zu ihrem Bruder und erzählte ihm alles. Der folgte den Spuren bis er zum Strand kam. Dort sah er, wie der Mann seine Schwester in ein Boot zerren wollte. Er schoss, aber der Mann wollte nicht aufgeben, da erschoss der Bruder den Mann.

Die Schwester brachte er zurück zu seiner Familie.

Mutter und Sohn

erzählt von Lafi Awad

Es war einmal eine Frau, die sagte: Ich heirate nur einen Mann, der seine Mutter verlässt.

Und alle Männer sagten zu ihr: Ich verlasse meine Mutter.

Das ließ sie auch einen Mann in den Bergen wissen, dass sie ihn nur heiraten würde, wenn er seine Mutter verließe. Daraufhin schickte dieser Mann ihr ein Gedicht, in dem stand:

Dein Gesandter kam und ich sagte zu ihm: Wir sind ein Blut. Meine Mutter hat nichts außer meinem Schatten, aber der liebt sie, wenn sie Schatten sucht, dann findet sie ihn. Wenn meine Mutter mich sieht, freut sie sich und ich heiße sie willkommen, aber der Schatten kann das nicht. Drei Jahre gehörte mir ihre Brust und sie trug mich auf den Schultern und ich soll jetzt sagen: Weg da!

Als die Frau dieses Gedicht hörte, holte sie ihn mit seiner Mutter zu sich und sie heirateten und lebten zusammen mit seiner Mutter.

Die geliebte Ziegenhirtin

erzählt von Lafi Awad

Es war einmal ein Mann, der liebte eine Frau. Nachts trafen sie sich heimlich. Die Frau nahm immer ihre Freundin mit, damit diese schauen konnte, ob jemand kommt.
Eines Tages sagte sie zu ihm:
Dieses Mal werde ich allein sein, ohne meine Freundin.
In einen Sack packte er etwas zu essen und sagte zu seinem Freund:
Kannst du mich heute zu diesem Platz begleiten.
In Ordnung, antwortete der Freund.
Sein Freund begleitete ihn zu diesem Platz und verließ ihn dann. Er lief weiter und weiter. Nur ein Gewehr hatte er bei sich. Schließlich kam er in ein Wadi, in dem große Pflanzen wuchsen. Weil ihm diese Pflanzen nicht geheuer waren, vielleicht verbargen sie ja Schlangen, kletterte er den Berg hinauf.
Erst als es heller geworden war, kletterte er wieder runter und schlief im Wadi ein. In der Frühe hörte er Geräusche. Er schaute sich um und da sah er eine Ziegenherde, und er sah seine Freundin. Sie grüßten sich. Sie molk die Ziegen und stellte die Milch auf das Feuer. Sie schaute nach den Ziegen. Den Ziegen, die weg laufen wollten, band sie die Füße zusammen.
Als sie zusammen am Feuer saßen, kamen Leute. Da lief er weg, damit ihn niemand mit der Frau zusammen sah.
Die Leute fragten die Frau:
Wer war das?
Sie antwortete: Das war ein Jäger auf der Jagd nach Vögeln und Wüstenziegen.
Jeden Tag nun schauten die Leute ihrer Familie nach der Frau, um zu sehen, ob sie den Mann noch einmal trifft. Aber der Mann kam nicht wieder, denn er wusste natürlich, dass sie nur auf ihn warteten.

Frühling

erzählt von Salem Alfahad

Früher, wenn die Zeit des Winters vorbei war, gingen die Männer zusammen in die Berge. Sie gingen früh morgens los und liefen, bis sie in eine enge Schlucht kamen. Sie hatten viele Kamele bei sich, die hintereinander liefen. Wir müssen den Kamelen eine Pause geben, sagten sie. Danach liefen sie wieder weiter und nach ein paar Stunden sagten sie wieder: Gebt den Kamelen eine kleine Ruhepause. Dann liefen sie wieder weiter, bis sie schließlich zu einem Wadi kamen, das sehr eng war. Plötzlich setzte sich ein Kamel. Und stand nicht wieder auf. Da sagten sie zu einem:
Schaff den Sand unter dem Kamel weg, damit es wieder steht.
Wie? Dann fallen seine Beine runter.
Unter dem Kamel waren große Steine, die mussten sie wegschaffen, aber auch dann stand das Kamel nicht. Dieses Kamel befand sich in der Mitte der langen Kamelreihe auf dem schmalen Pfad. Jeder der Männer ging zu dem Kamel und versuchte, es wieder zum Stehen zu bringen. Endlich stand das Kamel wieder und sie konnten weiter gehen, bis sie zu einem anderen Wadi kamen. Dieses Wadi war sehr breit und schön. Und es gab auch Wasser. Bei den Männern war ein alter Mann, er kannte den Weg. Der sagte nun:
Zwei von euch gehen Brennholz sammeln, und zwei bleiben hier.
Die zwei Männer, die Brennholz sammelten, mussten weit laufen, um genügend Holz zu finden. Unterwegs fanden sie eine Palme, die Datteln trug.
Mit dem Brennholz gingen sie zurück und kochten Mittagessen. Sie sagten zu den anderen:
Lasst uns zu dieser Palme zurückgehen, sie trug viele Datteln.
Wie kann eine Palme im Winter Datteln tragen? sagte der alte Mann.
Am nächsten Morgen gingen sie weiter. Sie fanden eine Pflanze, die man wie Gemüse essen kann. Sie ernteten viel davon, schälten und aßen sie zusammen mit Käse.
Sie sagten zu einander:
Wir wollen Fisch essen.
Da mussten sie weit laufen. Unterwegs kamen sie in ein Wadi, das geschlossen war. Damit die Kamele darüber klettern konnten, mussten sie viele Steine holen und einen Weg bauen.

Sie gingen weiter und weiter, bis sie zu Leuten kamen, die Fisch hatten. Einer von diesen aß mit ihnen zusammen. Nach dem Essen fragte einer der Männer: Wo ist Seife?

Sie antworteten ihm: Nimm *lasaf*[5], das ist so gut wie eine Seife.

Nachdem sie gegessen hatten, wollten sie fischen gehen, aber das Meer war nicht ruhig und schön. Deshalb gingen sie zurück zu ihren Häusern. Zu Hause angekommen, erzählten sie, dass das Land schon grün ist, und dass die Frauen jetzt mit den Ziegen in die Berge gehen können.

---

5   Eine Wüstenpflanze.

Der Vogelfänger

erzählt von Salem Alfahad

Es waren einmal zwei Männer. Auf der Suche nach ihren Kamelen gingen und gingen sie. Schließlich kamen sie in ein Wadi, dort ließen sie sich nieder, machten Tee und Brot.

Nachdem sie Tee getrunken und ihr Brot gegessen hatten, gingen sie weiter und suchten nach ihren Kamelen.

Auf ihrem Weg fanden sie einen Brunnen mit Wasser. Vielleicht sind die Kamele beim Wasser, sagten sie sich. Und als sie beim Brunnen ankamen, fanden sie ihre Kamele in der Nähe des Brunnens. Und dort beim Brunnen sahen sie einen Vogel, der zum Wasser gekommen war, um zu trinken.

Einer der beiden Männer machte ein Netz, um den Vogel zu fangen. Und er fing den Vogel. Als er den Vogel in seiner Hand hielt, fing der Vogel an zu pfeifen. Es kamen mehr als 20 kleine Vöglein zu ihrer Mutter. Da ließ der Mann von der Vogelmutter ab. Und die Vögel flogen alle zusammen weg.

Als sein Gefährte kam, erzählte er ihm die Geschichte mit dem Vogel.

Sie taten mir wirklich leid, und so ließ ich von der Vogelmutter ab.

Vom Wolf

erzählt von Raschid

Es war einmal ein Mann, der wollte zu einem weit entfernten Ort gehen, um von dort bestimmte Dinge zu holen. Auf dem Weg traf er einen Wolf und fragte ihn, ob er ihn begleiten wolle.

Gut, antwortete der Wolf.

Sie gingen und gingen und gingen. Unterwegs wurde der Wolf hungrig und wollte etwas fressen. Der Mann sagte sich, ich muss ihm ein Kamel zu fressen geben, damit er mich weiter begleitet. Also tötete der Mann für seinen Freund, den Wolf, ein Kamel. Der Wolf fraß das Kamel. Danach ging er weiter zusammen mit dem Mann. Aber der Wolf blieb hinter dem Mann zurück. Der Mann traf auf seinem Weg Leute und sagte zu ihnen:

Ihr werdet auf eurem Weg meinen Freund, den Wolf treffen. Passt auf ihn auf, bis ich wieder da bin, er konnte nicht mehr weitergehen.

Gut, sagten die Leute.

Als der Mann wieder zurückkam, fand er den Wolf tot. Da wusste er, dass diese Leute ihn, den Wolf, getötet hatten. Da tötete er einen von ihnen.

Mann oder Wolf, beide sind gleich viel wert.

Auf der Jagd

erzählt von Mubarak Selim

Es war einmal ein Mann. Er lief und lief und lief, und da sah er zwei Steinböcke. Er schoss sie, weil er Durst hatte. Dann schlachtete er sie und trank das Wasser aus ihren Bäuchen.

Als das Wasser alle war, dachte er, dass er jetzt sterben müsse. Da ging er mit dem Fleisch seiner Beute auf den Weg und setzte sich dort hin, damit man ihn findet, wenn er stirbt. Aber als er dort saß, kamen zwei Kamele. Mit Grünzeug lockte er sie, bis sie zu ihm kamen. Eines war frech, er nahm das andere und ritt auf ihm. Sie liefen und liefen bis sie zu einem Wasserloch kamen. Er trank und die Kamele tranken auch. Dann liefen sie weiter und weiter, bis sie endlich dorthin kamen, wo er hin wollte.

Der Mann war glücklich, dass ihn die Kamele gerettet hatten. Er wusste, dass der Mann, dem die Kamele gehörten, sie gut behandelt. Also ließ er die Kamele frei und blieb selbst mit seiner Beute in seinem Wadi.

Über die Weite der Wüste

erzählt von Salem Alfahad

Zwei Leute ritten lange und weit mit ihren Kamelen, sie hatten Angst vor der Polizei. Sie ließen ihre Kamele rennen und rennen. Und dabei fiel einem der beiden die Wasserflasche runter.

Sollen wir zurück, die Flasche holen? fragte der eine den anderen, und sie gingen zurück, um die Flasche zu holen. Es war schon dunkel, als sie endlich ihre Wasserflasche wiederfanden. Sie ritten und ritten weiter auf ihrem Weg. Schließlich kamen sie in ein kleines Wadi, dort schliefen sie bis zum nächsten Morgen. Der zuerst aufwachte sah, dass das eine Kamel den Futtermais aufgefressen hatte.

Wie konntest du das Kamel das tun lassen? fragte der andere seinen Freund. Sie bereiteten Frühstück, machten Tee, buken Brot und aßen. Bis zum Mittag ritten sie weiter und weiter. Auf ihrem Weg begegneten ihnen die drei Polizisten, mit denen hatten sie einen Streit gehabt und so suchten sie das Weite. Als es Mittag war, haben sie sich etwas zu essen gemacht. Dann ritten sie weiter und weiter bis es Nacht war. Da führten sie die Kamele an das Wasser und ließen sie trinken. Danach liefen ihre Kamele schnell und sie ritten, bis sie auf Leute trafen. Diese Leute aber hatten einen anderen Weg. Sie trennten sich und ritten und ritten weiter.

Da trafen sie einen weiteren Mann und der ging mit ihnen. Sie kamen zu einem Ort mit vielen Dattelpalmen. An diesem Ort gab es viele Wasserlöcher und es gab auch viele verschiedene Sträucher. Sie sammelten Datteln und Früchte. Aber einer von den beiden hatte Angst vor den Bienen.

Einer wies den Weg, aber die beiden anderen sagten, das ist nicht der richtige Weg, obwohl sie ihn auch nicht genau kannten. Es war Nacht und als sie losliefen, fielen sie in eines der Wasserlöcher. Aber es kamen Leute, die sie herausholten und ihnen zu essen und zu trinken gaben.

Heuschrecken in der Wüste

erzählt von Salem Alfahad

Einmal vor langer Zeit gingen die Menschen mit ihren Kamelen im Frühling in die Wüste; im Frühling gab es Regen und viele Pflanzen, das Land war schön. Sie kamen an einen Ort mit Palmen. Dort waren viele Heuschrecken. Woher kamen die Heuschrecken? Niemand wusste es. Die Heuschrecken fraßen alles Grün und die Kamele hatten nichts zu fressen.

Am Abend legten sie sich dort schlafen, aber nachts gingen sie weiter das Wadi hinauf und nahmen die Kamele mit. Eins der Kamele war ein großes Kamel, das die anderen Kamele biss. Sie gingen und gingen weiter. Schließlich kamen sie in ein anderes Wadi und legten sich dort schlafen.

Früh am Morgen banden sie die Kamele los, damit diese fressen konnten. Einige der Männer gingen weiter in das Wadi hinein, um es zu erkunden, die anderen blieben und machten Frühstück. Nachdem sie alle gefrühstückt hatten, gingen sie durch eine ganz enge Schlucht in ein anderes Wadi. In diesen Wadi fanden sie viele Pflanzen. Und wieder kamen die Heuschrecken und dieses Mal noch viel mehr. Die Menschen wollten die Heuschrecken vertreiben, aber die Heuschrecken flogen auf sie zu und sie bekamen Angst. Einer von ihnen sagte zu den anderen, lassen wir die Heuschrecken. Und da rannten sie alle zurück zu dem Ort, wo ihre Kamele waren. Dort legten sie sich schlafen und am nächsten Morgen liefen sie weiter, bis sie zu einem Wadi kamen, in dem viele Leute lebten.

Da gingen vier von diesen mit ihnen in ein anderes Wadi, wo es viele Gazellen und Kaninchen gab. Sie liefen und liefen bis es dunkel war und schließlich kamen sie in ein Wadi, in dem viele Kamele waren. Bei den Kamelstuten waren viele neu geborene Kamele. Die Menschen wollten die großen Kamele entführen, aber die jungen Kamele ließen die großen Kamele nicht ziehen. Da ließen sie von den Kamelen ab und gingen weiter. Die Land dort war sehr schön, alles war grün und es gab viele Pflanzen. Alle Tiere, die Kamele, Ziegen und Kaninchen, sie alle hatten zu essen. Und alle waren glücklich.

Die Menschen gingen weiter in ein anderes Wadi, aber das war geschlossen. Da mussten sie ihre Kamele zurück lassen, weil sie über den Berg klettern wollten, um in ein nächstes Wadi zu gelangen. Schließlich kamen sie in dem anderen Wadi an. Sie hatten Durst aber kein Wasser, und ihre Freunde waren auch nicht da. Sie liefen und liefen weiter bis sie auf Leute trafen, aber auch die hatten für sie kein Wasser.

Sie gingen weiter und weiter bis sie Leute trafen, die sie nach ihren Kamelen fragten. Die sagten ihnen, wo ihre Kamele waren. Nachdem sie die Kamele wiedergefunden und geholt hatten, gaben sie diesen Leuten einige ihrer Kamele.

Nachwort

I

Unser Bild vom Orient ist äußerst ambivalent. Einerseits wird es bestimmt von Nachrichtensendungen im Fernsehen, die vom Nahostkonflikt, von Arabellion und Islamismus berichten, andrerseits von den bunten und üppigen Märchenbildern aus *1001 Nacht*. Erstmals in deutscher Sprache erschien diese Märchensammlung in der Übersetzung von Heinrich Voß (nach der französischen Ausgabe von Galland) in den Jahren von 1781 bis 1785. Ihr Erscheinen ist im Kontext einer sowohl kolonialistischen Inbesitznahme als auch romantischen Vorstellung zu sehen, die im 19. Jahrhundert bei etlichen Künstlern eine sehnsuchtsvolle Beschäftigung mit der klassischen arabischen Literatur auslöste. Aber auch die archäologischen und wissenschaftlichen Erkundungen des 19. Jahrhunderts schufen ein bis heute wirksames westliches Orientbild[6], das auf der einen Seite von Fremdheit und Anziehung, von einem märchenhaftem Glanz, und auf der anderen Seite von einem Überlegenheitsgefühl der westlichen Gesellschaften geprägt ist.

Unseren Vorstellungen von einem arabischen Märchen entsprechen die hier versammelten Geschichten in keiner Weise. Die Fremdheit, mit der wir hier konfrontiert werden, beruht nicht auf einem märchenhaften Reichtum und einer ausschweifenden und wohl kalkulierten Fabulierlust, sondern sie beruht auf ihrer inhaltlichen wie formalen Strenge und Härte. Die Geschichten hier sind karg, nichts wird ausführlich beschrieben oder gar ausgeschmückt. Ebenso karg ist die Steinwüste und das genügsame Leben in ihr. In ihrer Gesamtheit ergeben die Geschichten jedoch ein lebendiges Bild des Beduinenlebens. Ähnlich wie die Berge dem Fremden erst eintönig, kahl und leer erscheinen mögen, sie nur langsam ihre Farbenpracht und die Vielfalt ihrer Formen preisgeben, so wird erst bei genauerem Hinsehen das Bild vom Leben der Beduinen bunt.

Die Geschichten und Märchen sind nicht nur karg, sondern auch unvollkommen, bruchstückhaft und sperrig. Aber genau diese Brüche erzählen von dem Bruch, den das Leben der Beduinen heute bestimmt und der es nahelegt, dass die Märchen und Geschichten festgehalten werden.[7] Denn sie berichten von einer

---

6   Siehe Edward W. Said, Orientalismus, S. Fischer Verlag Frankfurt, 2010.
7   Ganz ähnlich dachten wohl die Brüder Grimm: „Es war vielleicht gerade Zeit, diese Märchen festzuhalten, da diejenigen, die sie bewahren sollen, immer seltener werden (…), denn die Sitte darin nimmt immer mehr ab, wie alle heimlichen Plätze in Wohnungen und Gärten einer leeren Prächtigkeit weichen, …" in der Vorrede von Wilhelm Grimm zur Ausgabe der KHM 1812.

Vergangenheit, die zwar einerseits in den Geschichten und Träumen und auch in ihren Moralvorstellungen noch lebendig ist, die aber andrerseits mit ihrer Lebenswirklichkeit immer weniger übereinstimmt.[8] Ich will hier versuchen, die Bruchstellen für den westlichen Leser deutlich zu machen. Das kann nur gelingen, wenn man die Geschichten in Spannung zum Alltag ihrer Erzähler setzt. Die Gefahr der Beschreibung ist sicherlich, dass wir mit einer orientalistischen Brille[9] auf der Nase diesen Alltag nicht unvoreingenommen betrachten und beschreiben können. Dennoch soll es versucht werden.

Gehen – Wasser

In fast allen Geschichten taucht die Formulierung auf: Sie gingen und gingen und gingen. Die Erfahrung des Gehens durch die Wüste, des Unterwegsseins, ob mit Kamel oder ohne, ist für alle Nomadenvölker[10] eine existenzielle Erfahrung. Der Sinai ist in erster Linie eine Steinwüste; im Alltag sprechen die Beduinen heute meist nicht von ‚in die Wüste‘ sondern von ‚in die Berge‘ gehen. Wenn die Kamele nicht ohnehin so schwer mit Gepäck, Wasser, Mehl und Futtermais beladen sind, dass man ihnen besser nicht auch noch einen Menschen aufbürdet, so muss man doch immer wieder vom Kamel steigen, um es auf einem kaum sichtbaren schmalen, nur schwer begehbaren und steilen Pfad über einen Pass zu entlasten und nicht unnötig zu gefährden. Viel sparsamer als mit ‚gingen und gingen und gingen‘ wie in diesen Geschichten kann man das Unterwegssein nicht beschreiben. Plausibel ist dieser Minimalismus, wenn man bedenkt, dass die Geschichten nicht für Fremde gedacht waren, denen man erläutern muss, was das für ein Lebensgefühl ist, wie so ein Weg aussieht, wie lange man unterwegs ist. Sie wurden vielmehr abends am Feuer für Weggefährten erzählt, die in derselben

---

8   Jörg-Dieter Brandes: Spuren im Sand. Die Geschichte der Beduinen vom Jemen bis zum Maghreb. Jan Thorbecke Verlag, Stuttgart 2001, S. 305ff: „... der Süden des Sinai ist vermutlich das einzige ehemalige Beduinenland, in dem heute noch wenigstens Reste des Beduinentums aufzuspüren sind. ... Aber in Küstennähe, zum Beispiel beiderseits des Seebades von Nuweiba, wo in einem Dorf Tarabin-Beduinen, in einem anderen Muzaina-Beduinen leben, haben sich Stammesgemeinschaften erhalten, die sich selbst als beduinisch bezeichnen."

9   ebenda S. 16: „Die Strategie des Orientalismus fußt fast durchgängig auf einer so flexibel angelegten Position der Überlegenheit, dass sie dem Westler erlaubt, in allen möglichen Beziehungen zum Orient stets die Oberhand zu behalten. Und wie sollte es auch anders sein, zumal in dem außergewöhnlichen, von der Renaissance bis heute anhaltenden Aufstieg Europas? Der Wissenschaftler, der Gelehrte, der Missionar, der Händler, der Soldat war im Orient oder dachte über ihn nach, weil er dies tun konnte, ohne mit größerem Widerstand der Betroffenen rechnen zu müssen."

10 Das beschreibt auch der Tuareg Autor Mano Dayak in seiner Autobiografie „Geboren im Sand", Unionsverlag, Zürich 2012.

Wüste und Kultur leben. Die das Leben bestimmende Erfahrung des Gehens ist in diesem Teil der Erde uralt. Bereits in den Schriften zur Lebensunterweisung aus der Zeit der Pharaonen ist davon die Rede. Und ebenso gilt das auch für die jüdische Kultur; es zeigt sich deutlich in ihrem Prinzip der normativen, handlungsanweisenden Schriftauslegung, der sogenannten Halakha – was von halakha „gehen" kommt.[11] In der Folge versteht sich auch das islamische Recht, die Scharia[12], als der „rechte Weg".

Die zentrale Rolle von Wasserlöchern und Brunnen wird in den Märchen und Geschichten nicht eigens beschrieben, sie ist selbstverständlich[13]. Gerade weil das Wasser so wichtig war – und anders als wir es uns in Mitteleuropa denken –, befand sich der Lagerplatz einer Familie im Sinai niemals in der unmittelbaren Nähe eines Brunnens oder einer Quelle. Da vom Wasser das Leben abhing, es einerseits kostbar war und andrerseits niemand es für sich alleine beanspruchen durfte, musste gewährleistet sein, dass jedermann freien Zugang zum Wasser hatte. Konkret bedeutete das, wie die Mutter von Lafi Awad mir erzählte, dass sie als junge Frau tagtäglich mit Esel und Ziegen zwei Stunden vom Lagerplatz durch Sand und über Steine bis zur Wasserstelle unterwegs war. Vier Stunden Fußweg für ein paar Liter Wasser für die ganze Familie, die in einem Ziegenbalg auf dem Rücken des Esels transportiert wurden. So kostbar jeder Tropfen Wasser damit war, das Gehen war mit dem Lebensquell Wasser aufs engste verbunden.

Vom Schatz des Wassers zeugt auch folgende Anekdote. Einer meiner Lieblingsplätze war und ist der Gebel Milähis. Vom Osten aus vom Land der Muzeina, dem Wadi Ruhebije, kommend, ragt er unmittelbar steil, fast senkrecht hoch. Die Spitze ist ein riesiger Monolith, zwei- bis dreihundert Meter hoch, weithin sichtbar und Ehrfurcht gebietend. Wir steigen von den Kamelen, um über einen Pass im Norden des Kolosses auf ungefähr 1000 m Höhe auf die andere Seite in das Land der Tarabin zu gelangen. Dort am Fuße des Berges auf einer kleinen Hochfläche mit schneeweißem Sand, die nach drei Seiten von rötlichen Felswänden beschützt wird, tropft unaufhörlich Wasser aus dem Berg in drei Becken. Palmen weisen auf die Quellen hin. Hier beginnt das Wadi Milähis. Große, alte Akazien im sandigen Tal zeugen davon, dass es hier Wasser geben muss. In diesem Tal, ungefähr anderthalb Stunden vom Gebel Milähis entfernt, wuchs der mich begleitende Beduine Mubarak auf. Eines Tages, wir hatten ungefähr einen Kilometer von der Quelle entfernt im Schatten einer großen Akazie mit Blick auf den

11 Jan Assmann: Religion und kulturelles Gedächtnis. Verlag C. H. Beck, München 2000, S. 53.
12 *Scharia* bedeutet auf deutsch „Straße" und „Gesetzgebung".
13 Siehe E. E. Vardiman: Nomaden. Wilhelm Heyne Verlag, München 1979, S. 45 ff.

Gebel Milähis Rast gemacht, fragte er mich, ob ich nicht einen deutschen Zauberer kennen würde.

Ich musste verneinen. Wieso fragst du?

Im Gebel Milähis liegt ein großer Schatz verborgen. Vielleicht könnte ihn ein deutscher Zauberer heben.

Aber kennst du denn nicht selbst einen Zauberer?

Doch, doch. Unter den Sudanesen gibt es sehr gute Zauberer.

Wo liegt dann das Problem?

Die Zauberer von hier haben Angst vor den Dschinn. Und ich dachte, vielleicht hat ein deutscher Zauberer keine Angst vor ihnen.

Zu dumm, dass ich keinen deutschen Zauberer kenne.

Autos – Kamele

Die unzugänglichen Berge schotteten bis in unsere Zeit die Beduinen weitgehend von den Entwicklungen der übrigen Welt ab. Zweifach wird nun aber seit mehr als einer Generation die Welt der Beduinen grundlegend in Frage gestellt. Es begann mit dem Bau der Straße von Sharm el Sheikh bis Eilat in der Zeit der israelischen Besatzung[14]. Weiter beschleunigt wurde diese Entwicklung, als die ägyptische Regierung unter Präsident Mubarak Anfang der 80er Jahre des vorigen Jahrhunderts damit begann, die Beduinen aus Gründen der besseren Kontrolle sesshaft zu machen, die Schulpflicht für die Kinder einzuführen und den Tourismus im Süden des Sinai zu fördern. Seit die Touristen zu abertausenden an die Korallenstränden des roten Meers strömen und den Beduinen andere Lebensformen hautnah vorführen, die Europäer in erster Linie nach Sharm el Sheikh und Dahab, die Israelis nach Taba und Nuweiba, entdecken auch die Märkte den Sinai. Die technische und digitale Entwicklung hat sich von der Steinwüste nicht abschrecken lassen. Fernsehen, Handy und Auto gehören inzwischen zum Alltag. Das Tempo der Entwicklung ist noch rasanter als in der westlichen Welt, katapultiert es doch die Beduinen aus einer für unsere Begriffe altertümlichen Welt mitten hinein in eine globalisierte.

An die Stelle des Kamels ist das Auto und an die Stelle des Gehens das Autofahren getreten. Karawanen gibt es nicht mehr. Von Suez durch das Wadi Watir donnert Richtung Saudi Arabien eine unendliche Schlange von Riesentrucks aus Europa, schwer beladen mit allen erdenklichen Gütern, zum Hafen von Nuweiba. Das

---

14   „The Highway that Israel built along the south-eastern coast of Sinai opened us that isolated area to outside influence." Clinton Bailey: Bedouin poetry, Saqi Books, London 2002, S. 6.

Kamel hat als Nutztier seine existenzielle Bedeutung verloren. Nicht mehr Fragen nach dem Wohlergeben der Herden oder nach einer Möglichkeit eine Karawane zu begleiten sind drängend, sondern Fragen nach dem Auto, nach Benzin und nach einer Lizenz für ein Taxi. Das Kamel ist gerade noch notwendig für eine verschwindend kleine Minderheit von Touristen, die für ein paar Tage auf dem Rücken eines Kamels der Hektik der westlichen Welt entkommen will. Etwas Englisch zu können und Touristen mit dem Kamel durch die Berge zu führen, ist denn auch eine Traumbeschäftigung, in der man stolz eine Erinnerung an das alte Leben vorführen und es selbst – wenigstens ein bisschen – leben kann. Allerdings ernährt dieser Traum nur noch wenige Beduinen.

Denn aufgrund der politischen Situation bleiben die Touristen seit der zweiten Intifada im Herbst 2000 zunehmend Gebieten fern, in denen es keine eingezäunten und bewachten Resorts mit europäischen Standards wie in Sharm el Sheikh gibt. Von dem Niedergang des Tourismus sind vor allem die Strände zwischen Taba und Nuweiba betroffen, die weitgehend von israelischen Urlaubern abhängig sind. Das unter Mubarak propagierte neue Lebenskonzept für die Beduinen, das verbunden war mit der Aufgabe ihrer Herden zugunsten von Sesshaftigkeit und Tourismus als neuer Existenzgrundlage, erweist sich damit als höchst problematisch.

Da das Kamel keine Bedeutung mehr als Transporttier weder für Güter noch für Touristen hat, ist es zum nostalgischen Statussymbol heruntergekommen, mit dem man im Winter, wenn man Glück hat, vielleicht noch ein unbedeutendes Kamelrennen gewinnen kann. Obwohl es nur noch wenige Kamelherden gibt, – oder gerade deshalb – der Kamelmilch wird eine geradezu mythische Kraft zugeschrieben, was auch in der Geschichte von *Die Schwester und ihre sieben Gesellen* anklingt. So wurde mir des Öfteren versichert, Kamelmilch zu trinken, sei ein sicheres Mittel um selbst von Aids geheilt zu werden.

Offensichtlich wird die Kluft zwischen Traum und Realität, zwischen verklärter Vergangenheit und dem Alltag, an einem kleinen Detail, das ich in vielen Beduinenautos gefunden habe: dem kamelfarbenen Fellimitat, mit dem die Armatur hinter dem Lenkrad verkleidet wird. Ein Auto ist etwas Großartiges, aber die Sehnsucht nach dem Kamel ist immer noch da.

Wasser und Hanfplantagen

Zu diesen gravierenden Veränderungen in der Lebenssituation der Beduinen kommt eine weitere hinzu: der Klimawandel, der die spärlichen Regen des Winters und des Frühjahrs noch weiter reduziert hat und damit viele Brunnen versiegen und Bäume verdorren ließ.

Regen war und ist ein Segen, für die Beduinen ein göttliches Geschenk. Vor einigen Jahren hatte ich das Glück im Frühjahr einen längeren Wolkenbruch mitzuerleben. Seit Jahren hatte es im Gebiet von Al Berge nicht mehr geregnet. Der trockene, steinige und felsige Boden konnte die Wassermassen nicht aufnehmen. Wasserfälle rauschten von den Bergen herab. Die Beduinen fielen auf die Knie und dankten Gott. Wir hatten glücklicherweise rechtzeitig unter einem erhöhten Felsvorsprung Unterschlupf vor dem Regen und den Sturzbächen gefunden. Als wir am nächsten Morgen weiter zogen, war die feine Staubschicht auf den Felsen verschwunden. So prachtvoll und bunt schimmernd habe ich diese Landschaft nie wieder gesehen. Meine Begleiter rannten und sprangen links und rechts des Weges die Berge rauf und runter und schauten nach, in welchen Felsmulden sich überall Wasser gesammelt hatte. Als wir einen kleinen Teich mit frischem Regenwasser fanden, wurden die Kanister damit gefüllt, um möglicherweise ein bisschen davon noch mit nach Hause bringen zu können. Und ich wurde aufgefordert, unbedingt von diesem Wasser zu trinken, weil es direkt von Gott geschickt war.

Wie dramatisch sich die Klimaveränderung bemerkbar macht, lässt sich am Beispiel der Oase Ain Umm Ahmed ablesen. Als ich das erste Mal in den Sinai kam, drückte das Grundwasser von Ain Umm Ahmed noch in Form eines kleinen Tümpels an die Erdoberfläche. Die Oase war eine der größten und schönsten im südlichen Sinai, auf allen Karten ist sie verzeichnet. Gärten mit Gemüse und Blumen, ein Palmenhain, Granatäpfelbäume. Aus dem Tümpel wurde in den folgenden Jahren ein immer dünneres Rinnsal. Heute, nach etwas mehr als 10 Jahren, kommt das Grundwasser nirgends mehr ohne technisches Gerät bis an die Oberfläche. Die Palmen haben sich in schwarz verkohlte Strünke verwandelt, die sich lemurenhaft in den blauen Himmel recken. Die Obst- und Gemüsegärten sind verschwunden. Die Brunnen müssen immer tiefer gegraben, das Wasser mit immer teureren Motoren nach oben gepumpt werden – was sich nur noch für Hanfplantagen lohnt.

Mit dem Verschwinden des Wassers sowie der Illegalität des Anbaus von Hanf sind auch die Familien aus Ain Umm Ahmed verschwunden. Ziegen, Schafe und natürlich auch Kamele bestimmen nicht mehr das Bild. Die wenigen übrig gebliebenen Touristen werden nicht mehr auf Kamelen nach Ain Umm Ahmed geführt. Dafür brettern jetzt die dicken Jeeps der Haschischhändler durch die Wadis von und nach Ain Umm Ahmed.

Technik – Dschinns

Trotz Auto, Fernsehen und Handy wird die Welt der Beduinen ganz selbstverständlich auch von Dschinns bevölkert. Ich habe keinen Beduinen getroffen, der nicht von der Realität der Dschinns überzeugt ist. Heißt es doch zum Beispiel im Koran: „Ja, welche Gnadengaben eures Herrn wollt ihr denn leugnen? / Aus Ton schuf er den Menschen, der Töpferware gleich, / und aus Gemisch von Feuer schuf er die Dschinne."[15] Für meinen Begleiter Lafi Awad gibt es welche – er weiß es von seinem Vater und Großvater, wie er mir versichert – im Wadi Mälhä, in dem viele unserer Reisen in die Berge begannen. Allerdings sollen weiter hinten im Wadi, dort bei den Palmen, wo wir öfters eine erste Pause eingelegt haben, keine mehr hausen. In Tarabin gäbe es keine Dschinns mehr, dort sei es zu laut und zu hell mit dem vielen elektrischen Licht.

Auf meine Nachfrage, was Dschinns seien, antwortet mir die junge Beduinin, Fadeya, die mir bei den Übersetzungen hilft, ausführlich. Sie erklärt mir, dass Dschinns Kreaturen wie Menschen seien, es gäbe weibliche und männliche, gute und böse, muslimische und nicht muslimische. Sie wohnten unter der Erde. Manchmal kämen sie hoch. Sie könnten sich auch in einem Menschen festsetzen und manchmal würden sie sich sogar in einen Menschen verlieben – oder ein Mann würde sich in eine Dschinnfrau verlieben. So gab es in Tarabin einen Mann – er ist erst vor ein paar Jahren gestorben – der mit einer Dschinnfrau verlobt war. Er hat nie geheiratet und lebte alleine.

Väter – Mütter und Brüder

Die in den Geschichten dargestellten Familienbeziehungen, die Verantwortlichkeiten der Familienmitglieder untereinander, mögen uns fremd, ja manchmal

---

15 Zitiert nach der Neuübersetzung des Koran von Hartmut Bobzin, C. H. Beck Verlag München 2010, S. 476. Im Anhang der Koranübersetzung von Friedrich Rückert, erschienen im Ergon Verlag in Würzburg 2001, heißt es auf S. 566: „Menschen und Dschinn (Genien) sind nach koranischer Anschauung gleichermaßen von Gott erschaffene Wesen. Doch sind die Dschinn nicht wie der Mensch aus Erde, sondern aus dem Feuerelement geschaffen. Die Aufforderung zum Glauben an Gott ergeht sowohl an die Menschen wie auch an die Dschinn."

atavistisch erscheinen – sie sind aber in den letzten Jahrzehnten trotz aller Veränderungen immer noch ziemlich stabil geblieben.

In den Märchen und Geschichten gibt es keine Väter. Der vornehmste Beitrag der Männer hier im Familienverband ist die Fortpflanzung. Sie ist das eigentliche Ziel einer jeden Heldensaga und jeden Märchens. Das Ungeheuer zu besiegen ist lediglich eine Etappe auf dem Weg, schließlich doch zu heiraten und Kinder in die Welt zu setzen, den Fortbestand der Sippe zu gewährleisten, „aufzugehen wie Weizenkörner". Von einer besonderen Fürsorge der Väter für ihre Söhne oder Töchter dagegen ist keine Rede. Lediglich in dem *Märchen von den Kindern mit der Kuh* gibt es einen Mann, der nicht nur Erzeuger sondern auch Vater ist, der sich dann aber – wenn auch widerstrebend – der missgünstigen Stiefmutter beugt und seine Kinder in der Wüste aussetzt. Abgesehen von diesem Negativbeispiel findet man nur noch in der Geschichte von *Bruder und Schwester* den Mann, der als Vater seinen Kindern zum Fest Kleider mitbringt, ganz so wie es heute in Tarabin üblich ist.

Die Väter also sind kaum anwesend. Dafür ist die Rolle der Mutter umso wichtiger. Ihr obliegt damals wie heute die Aufzucht der Kinder. Aber sie wird auch als Zentralfigur umsorgt, wie es etwa in der Geschichte *Mutter und Sohn* beschrieben wird.

In der sozialen Hierarchie ist neben der Mutter-Sohn-Beziehung die Rolle des Bruders bestimmend. Er trägt die Verantwortung für die Schwester, wenn der Vater nicht anwesend ist. Dann haben die Brüder, oder auch die Brüder der Mutter, das Sagen. Das wird nicht nur in den Geschichten aus dem Beduinenleben, *Der Bruder* und *Bruder und Schwester,* besonders drastisch wird das auch in dem Märchen *Die Geschichte von den beiden Kindern und ihrer Kuh* vorgeführt. Der Bruder verprügelt dort seine Schwester so lange, bis sie tut, was er möchte. Und der viel jüngere Bruder in *Mond und Stern* hat alles Recht, seine Schwester und ihren Knecht mit dem Tod für ihre Taten zu strafen. An dieser Befehlsgewalt der Brüder über ihre Schwestern hat sich bis heute nichts geändert. Der Bruder muss zustimmen, ob eine Frau, beziehungsweise eine Schwester, dahin oder dahin gehen, wen sie selbst im Dorf besuchen darf, ob sie studieren darf oder nicht, wen sie heiratet oder nicht. Und sollte die Schwester unverheiratet bleiben, so ist es seine Aufgabe sie zu versorgen.

Die unterschiedliche Behandlung von Jungen und Mädchen beginnt kurz nach der Geburt. Wird ein Junge geboren, müssen zwei Zicklein geschlachtet werden. Ist es ein Mädchen – nur ein Zicklein. Das war, als die Beduinen noch in den

Bergen lebten und Herden hatten, die aussagekräftige Geste der Wertschätzung eines Hirtenvolks[16].

Da viele der Familien in Tarabin keine Herden mehr haben, höchstens noch ein paar Tiere, müssen die Zicklein gekauft werden, ein teures und nicht mehr der Lebenssituation angemessenes Gebot, das aber nicht hinterfragt wird.

Außer Haus – Im Haus

Es hängt wohl mit der strengen Regelung zusammen, dass die Frauen für alles im Haus und die Männer für alles außer Haus zuständig sind, dass die Geschlechter ein relativ getrenntes Leben führen. Selbst in der Abgeschiedenheit der Berge bleiben die Frauen von den Männern getrennt, vor allem natürlich wenn Fremde hinzukommen. Eines Tages waren wir auf der Suche nach einem kleinen Zicklein, das wir vielleicht kaufen könnten. Unsere Suche führte uns in ein von der Straße weit abgelegenes Tal. Dort fanden wir das Zelt einer Familie. Die Mutter war mit der Ziegenherde unterwegs, der Vater wer weiß wo. Die halbwüchsige Tochter war alleine im äußerst stickigen Zelt, während ihre Brüder etwas entfernt im Schatten unter einer Akazie lagerten und Tee tranken. Wir beschlossen, dort Rast zu machen, für die Beduinen bot sich die willkommene Gelegenheit zu einem Schwätzchen. Die Männer machten sich bald daran, gemeinsam Mittagessen zu kochen. Die Schwester erhielt die Aufgabe für das Essen Brot zu backen. Sie aber zum Essen hinzuzubitten, war undenkbar, waren doch fremde Männer anwesend. Als einzige konnte ich zwischen den beiden Welten hin- und her pendeln. Ich konnte das junge Mädchen im Zelt besuchen, ihr beim Backen zuschauen, mit ihr reden und später mit den Männern essen. Als wir nachmittags weiter zogen und außer Hörweite des Zeltes waren, war die erste Frage der beiden mich begleitenden Beduinen, wie das Mädchen aussehe, ob sie schön sei und wie alt.

Diese Trennung der Welten bringt es mit sich, dass die Männer unterwegs, damals wie heute, nicht nur Tee zubereiten, sondern selbstverständlich auch kochen und im Sand ihr Brot backen, sich also rundum versorgen können.

In den europäischen Märchen und Geschichten gibt es Schneider, Müller, Köche. Hier in diesen Märchen haben die Männer keinen Beruf, sie ziehen nicht als Müllers Söhne aus, um Heldentaten zu vollbringen. Nur in einer Geschichte wird

---

16 1. Moses 22: „Da hob Abraham seine Augen auf und sah einen Widder hinter sich in der Hecke mit seinen Hörnern hangen und ging hin und nahm den Widder und opferte ihn an seines Sohnes statt."

ausdrücklich erwähnt, dass der Held quasi einen Beruf hat, nämlich dass er vom Kamelraub lebt. Allerdings – so wird berichtet – war das damals in Zeiten der *Geschichte von Abu Zaid und die Prinzessin* üblich, was heißt, es gehörte zum Beduinenleben. Ansonsten sind in den Geschichten hier die Helden mit allem beschäftigt, was ein Beduine können muss: zum Beispiel mit Schlachten in *Solimans Weg*, Jagen in *Der Riesenvogel*, mit Fischen in *Viel Fisch*, mit dem Umgang mit Kamelen in *Der arme junge Mann* wie in *Heuschrecken in der Wueste* und in *1000 rote Kamele*, mit Dichten in *Mutter und Sohn*, mit Kochen in *Über die Weite der Wüste* und in *Der Vogelfänger*, mit Kämpfen in *1000 rote Kamele*. Von einem wie immer auch gearteten Handwerksberuf mit einer speziellen Ausbildung ist nichts zu hören und zu sehen.

Arbeitsteilung war unpraktisch und unüblich. Da die Familien relativ weit auseinander lebten, wurde das umfassende Wissen, das zum Überleben notwendig war, von Generation zu Generation weitergegeben. Wichtiger als irgendein Spezialwissen war, dass jeder Beduine lernte, sich der jeweiligen Situation anzupassen und, wenn nötig, etwas zu improvisieren. Grundlage des Verhaltens war dabei immer die profunde Kenntnis der Berge und Wege, der Pflanzen und Tiere. So musste er wissen, wo sich eventuell nach einem Regen Wasser gesammelt haben könnte, wo welche Pflanzen wachsen, die man irgendwie nutzen oder essen kann, was für Spuren welche Tieren hinterlassen, wie man Tiere jagt, wo und wie man Fallen aufstellen kann, wie man am Riff fischt, welche Muscheln essbar sind, wie man am besten auf Palmen klettert, um Datteln zu ernten, wie man sich notfalls auch ohne Säge oder Axt Brennholz beschafft, wie man aus den Palmfasern Stricke flicht, und natürlich alles, was man über Kamele wissen musste.

Ein alter Beduine, Salem Mrasik, dem ich immer wieder in den Bergen begegnete, der sich fast nie in dem Ort Tarabin aufhält, sondern eigentlich immer mit seinem Kamel unterwegs ist, ist ein Meister der Improvisation, aus einem Stückchen Draht, das er findet, wird eine Häkelnadel, mit der er sich eine neue Umhängetasche häkelt, ein Fetzen von einer Plastiktüte wird zur Dichtung beim Schraubverschluss eines Kanisters. Eines Tages hatte er einen alten, ehemals hellblauen israelischen Ölkanister aus der Zeit des 6-Tage-Kriegs gefunden und sich damit während unserer Mittagsrast eine Rababa, das traditionelle einseitige Saiteninstrument, gebastelt. Abends am Feuer überraschte er uns mit seinem Instrument und spielte uns darauf vor.

Gleich die erste Geschichte zeigt einen Beduinen, Soliman, der sich perfekt den unterschiedlichen Situationen anpassen kann, der, um sich zu befreien mit quasi nichts ein kleines Boot baut und sich mutig den Gefahren stellt.

Natürlich waren und sind die Männer für die Versorgungen der Familie zuständig. Da die Herden kostbar waren, ein Schaf oder eine Ziege nur zu festlichen Anlässen geschlachtet wurde, war eine der drängenden Fragen, wo bekommt man Eiweiß her. Die beiden wichtigsten Quellen waren die Jagd in den Bergen und der Fischfang an der Küste.

In den Bergen muss es früher viele Gazellen gegeben haben. Nicht umsonst heißt eines der großen Täler Wadi Ghazalla. Seit wann die Gazellen verschwunden sind und weshalb, ist mir unklar; ich konnte es nicht ermitteln. Aber die Jagd steckt noch vielen Beduinen in den Knochen. Unterwegs wird der vor uns liegende Weg, werden die Berghänge genau beobachtet. Und tauchte ein Tier auf, und sei es auch nur ein kleiner Wüstenhase, meine Begleiter reagierten wie elektrisiert. Zweimal in all den Jahren sahen wir von weitem Steinböcke. Der Traum eines jeden Jägers[17].

Den Beduinen ist Waffenbesitz nicht erlaubt. Und so konnte zumindest in meiner Gegenwart keine Jagd auf diese Könige der Berge stattfinden. Aber dass ein Steinbock gesichtet wurde, vielleicht sogar nur seine Spur, zählte zu den wichtigsten und aufregendsten Neuigkeiten, die die Beduinen untereinander austauschten.

In den Sommermonaten gehen die Männer fischen. Alles, was nicht sofort gegessen werden kann, wird getrocknet und für den Winter aufbewahrt. Bei Ebbe wird das Riff nach Muscheln und Tintenfischen abgesucht. Heute ist der Fischfang, da die Touristen ausbleiben, die Rettung für viele Familien, erweitert er doch zumindest den Speiseplan.

Vor allem aber waren und sind die Männer für die Beschaffung von Geld zuständig, also für die Außenkontakte der Familie. Aufgabe der Frauen dagegen war es, sich um alles zu kümmern, was das „Haus" (Zelt = *bait shar* = Haarhaus) betraf. An erster Stelle gehörte und gehört dazu die Erziehung der Kinder. Die Frau wird nicht definiert als Ehefrau von dem oder dem Mann, sondern als Mutter ihrer Kinder. In der Regel ist nach der Geburt des ersten Sohnes ihr neuer Name: Mutter von …
An zweiter Stelle stand die Betreuung der Ziegen- und Schafherden, die den Frauen gehörten. Früh morgens wurde das Zeltlager mit der Herde verlassen und erst kurz vor Sonnenuntergang kehrte die Hirtin zurück. Ein kleiner Esel trägt Decke, Wasserkanister, Teekanne, ein Teegläschen und das Brennholz, das

---

17 Der lybische Autor Ibrahim al Koni beschreibt in seinem Roman „Die Magier" eindrucksvoll die Jagd und zugleich wie sich mit dem Gewehr das Gleichgewicht zwischen Mensch und Tier zu ungunsten des Tiers verschiebt. Lenos Verlag, Basel 2001.

nebenher aufgesammelt wird. Eine große Mahlzeit gibt es den ganzen Tag über nicht. Ein paar Datteln müssen reichen. Die Herde wird zusammengehalten von Hunden und, ganz wichtig, von einer Flöte. Denn ihren Klangraum verlassen die Tiere nicht. Da die Frauen aus der Ziegenwolle die langen schwarzen Zeltplanen woben, gehörten auch die Zelte ihnen. Damit hatten die Frauen in der Wüste durchaus auch Freiräume sowie eine durchaus gewichtige Rolle in der ökonomischen Struktur der Beduinenfamilie. Heute im Dorf und ohne die Herde sind sie vergleichsweise abhängig und in ihrer Bewegungsfreiheit eingeschränkt.

Für die Männer gab es drei Möglichkeiten zu Geld zu kommen: den Handel, den Schmuggel und die Führung oder Begleitung von Karawanen. Für ein spezielles Handwerk mit einem festen Arbeitsplatz war da kein Raum. Obwohl es nun aber diesen festen Platz gibt, haben sich die Auffassungen von der Arbeit der Männer kaum geändert – zumindest bei den Tarabin. Die Karawanen gibt es nicht mehr. Aber Handel und Schmuggel passen hier – ich kann das als Außenstehende nur vermuten – immer noch zusammen[18]. Die Haschischfelder wachsen, offensichtlich liegt der Haschischhandel keineswegs darnieder.

Abgesehen von illegalen Gütern wurde früher – so absurd es für ein Wüstengebiet klingen mag – unter anderem mit Holzkohle aus dem steinharten und schweren Holz der Akazien, die in der Wüste wachsen, gehandelt. Im Gegensatz zu unseren mitteleuropäischen Akazien sind diese hier aufgrund des Wassermangels nur sehr langsam gewachsen und ihre Blätter sind winzig klein. Eine ganze Rispe ist nicht einmal so groß wie ein Fingernagel. Das Holz brennt lange und duftet zudem gut. Lafi Awad hat noch von seinem Vater gelernt, wie man Holzkohle herstellt. Von dem Erlös der Holzkohle wurde Mehl, Reis, Tee und Zucker für die Familie gekauft. Heute wird, abgesehen vom Haschisch, mit allem gehandelt, was ihnen unter die Finger kommt. Ein Großteil meiner Geschenke wanderte nicht nur aus Not, sondern auch aus Lust am Handel auf den Markt.

Es gibt in dem knapp 6000 Seelen zählenden Dorf der Tarabin nördlich von Nuweiba am Golf von Aqaba keinen Handwerksbetrieb, keinen Automechani-

---

18 Ein Indiz, dass Schmuggel durchaus nichts Ehrenrühriges ist und wahrscheinlich immer noch eine akzeptierte Arbeit ist, ist für mich die bewundernde Reaktion auf ein Foto aus den 50er Jahren des letzten Jahrhunderts, das in dem Band „Bedouin Poetry" von Clinton Bailey abgedruckt ist, und das den Vater von Sheikh Aschisch mit Gewehr zeigt, und ihn als Schmuggler und Poet bezeichnet. Über diesen Schmuggler und Poeten schreibt Clinton Bailey: „Anez was reputed to have been one of the biggest smuggling ringleaders in Sinai, and the operations he had organized were source and income for hundreds of bedouins from many tribes." Bedouin Poetry, Saqi Books, London 2002, S. 9.

ker, keinen Elektriker oder Schneider, auch wenn der eine oder andre gewiss ein geschickter Mechaniker oder Elektriker ist und einige Frauen inzwischen mit einer Nähmaschine umgehen können. Südlich von Nuweiba, im Dorf der Muzeina, gibt es Handwerksbetriebe, was aber von den Tarabin verächtlich mit „Verägypterung" kommentiert wird. Obwohl sie inzwischen sesshaft geworden und keine Nomaden mehr sind, ist „Beduine sein" immer noch ihr Hauptberuf und damit ihre Identität, was soviel bedeutet wie improvisationsfähig, mutig, stolz und großzügig. Den Tarabin angemessene Männerarbeit ist zum Beispiel Chef eines Camps am Strand oder Hotels zu sein, Taxi zu fahren, Touristen zu führen, natürlich zu handeln, und/oder einen kleinen Laden sein Reich zu nennen – und eben zu schmuggeln. Die Geschichte *Über die Weite der Wüste* ist eigentlich nur verständlich, wenn man sich die beiden Protagonisten als Schmuggler vorstellt. Gemeinsam ist all diesen Tätigkeiten, dass man sein eigener Herr ist, dass man selbst bestimmt, wann was wie gemacht wird. Einer geregelten Arbeit mit festen Arbeitszeiten nachzugehen, scheint undenkbar.

Gleichzeitig ist dieser Stolz, dieses sich nicht gerne befehlen lassen, natürlich einem diktatorischen Regime äußerst verdächtig. So kam es Anfang des neuen Jahrtausends nach dem 11. September und nach Anschlägen in Taba und Nuweiba zu Verhaftungswellen bei den Beduinen. Sie wurden unter anderem des Terrorismus verdächtigt und ohne großes Federlesen von der Geheimpolizei Mubaraks ins Gefängnis geworfen und gefoltert. Alle wurden über lang oder kurz mangels Beweisen wieder entlassen. Einer meiner beiden Begleiter, Mubarak Selim, war unter ihnen. Die also durchaus berechtigte Angst vor der Polizei unter Mubarak wird am deutlichsten sichtbar in der Geschichte *Über die Weite der Wüste*.

Während die Polizei als sichtbarster Arm des alten Mubarak-Regimes verhasst war und ist, ist in der beduinischen Gemeinschaft der Richterspruch des Sheikhs immer noch bindend. In besonders schwierigen Fällen gibt es, um die Wahrheit zu ermitteln, eine Art Feuerprobe[19], die der in *Der schlaue Fuchs* zumindest vergleichbar ist. Mir wurde sie wie folgt geschildert:s Der Sheikh und die beiden Kontrahenten oder verfeindeten Parteien treffen sich an einem speziellen Ort in den Bergen. Dort werden Steine im Feuer erhitzt, die dann glühend heiß abgeleckt werden müssen, um zu ermitteln, ob die Wahrheit gesagt wird oder nicht.

---

19 Im 5. Buch Mose, Abschnitt 18, 10 und 11 wird ein – wie in der *Geschichte vom schlauen Fuchs* – Durchs-Feuer-Laufen erwähnt: „Es soll in deiner Mitte keiner gefunden werden, der seinen Sohn oder seine Tochter durchs Feuer gehen lässt, kein Wahrsagen, Zeichendeuter, Schlangenbeschwörer oder Zauberer, kein Bannsprecher oder Geisterbeschwörer, keiner, der Wahrsagegeister befragt oder sich an die Toten wendet."

Verbrennt der Verdächtige seine Zunge, ist er der Lüge überführt. Der Vorgang wird als „Feuer lecken"[20] bezeichnet.

Ihr Stolz verbietet es den Beduinen aber nicht, jederzeit Rast zu machen, schnell ein kleines Feuerchen zu machen, Tee zu kochen, jedem der vorbeikommt ein Gläschen anzubieten, oder gerne zu einem eingeladen zu werden, ein Schwätzchen zu halten und Neuigkeiten auszutauschen. Wobei die Teegläser wirklich klein sind, und es sich nicht gehört, viele davon zu trinken. Zwei, maximal drei Gläschen, dann ist Schluss. In der Wüste ist in angemessener Entfernung vom Zelt und den Frauen, ein sogenannter „Makat", ein Sitzplatz für Männer und Gäste, was in der Regel identisch ist. Schon wenn wir, die drei Kamele, von weitem gesehen wurden, wurde Brennholz geholt und Tee für die Gäste im Makat vorbereitet. Zur Gastfreundschaft gehört auch, dass die Menge an Essen, die bei einem Essen mit Gästen aufgetischt wird, überwältigend groß ist. Sich großzügig zu zeigen, ist eine Mahnung Mohammeds und damit selbstverständlich.

In einem Gedicht, dass der Onkel Aid meiner Übersetzerin Fadeya vortrug, ist eine Art Ehrenkodex der Beduinen fest gehalten. Hier die deutsche Fassung:

> Hör mein Vermächtnis, mein Sohn
> Höre, was richtig ist und was falsch.
>
> Beherberge deinen Gast, lass ihn nicht ziehen,
> bewirte ihn reich, er bleibt nur
> eine Nacht.
>
> Bewahre dein Schwert, damit es dir beistehe
> im Kampf.
>
> Behüte deine Tiere, die Ziegen, Schafe und Kamele.
> Versorge lieber deine kleine Herde
> als die des Nachbarn.

---

20 Arabisch: *lahisa*. Salim Alafenisch widmet eine ganze Erzählung dieser beduinischen Form der Rechtsfindung: Die Feuerprobe. Unionsverlag, Zürich 2009.

Eintopf und Reis

Obwohl inzwischen in jedem Haus ein Gasherd mit mehreren Flammen steht, wird immer, also auch bei großen Festessen, traditionellerweise alles in einem Topf gekocht. Nicht nur beim alltäglichen Essen gibt es Eintopf, der meistens aus Reis mit ein bisschen Gemüse wie Tomaten oder Zucchini oder Linsen besteht, sondern auch wenn es bei besonderen Anlässen Fisch oder Fleisch gibt, wird in einem Topf gekocht. Zuerst wird das Fleisch oder der Fisch gekocht und anschließend in der Brühe der Reis gegart. Danach wird der Reis auf einer großen runden Platte aufgehäuft und der Fisch oder das Fleisch in die Mitte auf den Reis gelegt. Die Esser sitzen um die Platte herum, jedem steht ein Segment des Kreises zu. Dem Gast wird ein besonders schönes Stückchen Fisch oder Fleisch in sein Segment gelegt. Mit der rechten Hand werden geschickt kleine Reisbällchen geformt, die dann in den Mund geschoben werden. Da ich diese Technik nicht beherrsche, wird mir ein Löffel als Hilfsmittel zugestanden. So im Kreis um eine Platte mit Reis zu hocken, langsam und gemeinsam zu essen – so muss man sich das auch in allen Märchen und Geschichten vorstellen. Hieran hat sich bis heute nichts geändert.

II

Das Erzählen von Märchen und Geschichten ist Teil der oralen Kultur im Vorderen Orient. Die Rezitation des Korans ist ein Hauptpfeiler dieser Kultur. Sie ist nicht nur notwendig, weil große Teile der Bevölkerung nicht lesen und schreiben können, sondern auch weil der Klang des Wortes als eine direkte Wahrnehmung der Worte Gottes begriffen wird.[21]

Das Spezifische einer oralen Kultur beschreibt Jan Assmann eindrücklich: „Je intensiver, so lässt sich folgern, das kulturelle Projekt der Objektivation, Artikulation und Notation vorangetrieben wird, desto stärker wird auch der Wandel betrieben und damit Vergessen gefördert. In der Welt der nicht schriftlichen Gedächtnisüberlieferung wird der Tradent daran gemessen, wie viel von dieser unsichtbaren Tradition er zu verkörpern und zu Gesicht und Gehör zu bringen vermag. In der Welt der schriftlichen Überlieferung dagegen wird er an dem gemessen, was er einer sichtbar gewordenen Tradition an Neuem und Eigenem hinzuzufügen hat."[22] Insofern können sich „im Schutz der Unsichtbarkeit des Gedächtnisses archaische Kulturzustände erhalten haben."[23]

Die meisten der heute über 40jährigen Beduinen sind Analphabeten. Allen war es wichtig, mir die Geschichten „richtig" zu erzählen. Sie brauchten zur Vorbereitung einer Geschichte, weil sie wussten, dass sie aufgezeichnet würde, Zeit, Konzentration, die Stille der Berge oder eine einsame Bucht. Sie wurden mir nie in Hotelhallen oder an Touristenstränden erzählt, an denen diese Voraussetzungen nicht gegeben waren. Wo sie die Konzentration fanden, erzählten sie ohne jede Erinnerungshilfe.

Ein Märchen oder eine Qaside[24] auswendig zu können, ist bei den älteren Beduinen immer noch eine Selbstverständlichkeit. Wenn jemand etwas vom Blatt abliest oder singt, wird das von ihnen im Allgemeinen wenig geschätzt, ja als minderwertig verachtet. In diesem Sinn scheinen die Märchen im Sinai dem Prinzip der Unveränderlichkeit zu gehorchen. Sie hätten nicht die strenge Form, in er ich sie gefunden habe, wären Variation und Ausschmückung als Stilmittel anerkannt. Das sind sie aber in der Tradition der Beduinen gerade nicht.

---

21 Eindrücklich schildert dies Nasr Hamid Abu Zaid in Ein Leben mit dem Koran, erzählt von Navid Kermani, Herder, Freiburg 2001, S. 22f.
22 Jan Assman, Religion und kulturelles Gedächtnis, C.H.Beck Verlag, München 2000, S. 103.
23 Ebenda.
24 Ein balladenartiges langes Gedicht.

Die hier versammelten Märchen und Geschichten der Beduinen erzählen von einem gänzlich anderen Orient als Scheherazade. Hier geht es nicht um die Heldentaten reicher Prinzen oder Handelsherrn, sondern ums nackte Überleben. Hier erscheinen nicht vierzig liebreizend mondgleich schöne Mädchen dem Prinzen und es beginnt eine ebenso arabeskenhaft verzweigte wie ausgemalte Geschichte um Liebe und Treue, sondern wenn der Held nach mehreren Prüfungen endlich ein Mädchen gewinnt, ist der Fortbestand der Sippe gesichert und die Geschichte hat ihr glückliches Ende gefunden.

Die in den Geschichten aus *101 Nacht*[25] so auffällige Betonung der Schönheit der jungen Männer und Frauen ist eine Kategorie, die hier gänzlich fehlt. Hier zeichnen sich die Helden nur durch ihre Tapferkeit, ihre Ausdauer und Kraft aus. Sie beachten keine höfischen Umgangsformen, sondern nehmen sich ohne Umweg, was sie begehren. Lohn sind hier nicht juwelenbesetzte Gewänder und Truhen voller Gold. Sie kommen hier wegen ihrer Kraft und ihres Mutes als Männer für die Töchter zum Beispiel des Sheikhs in Frage – wie in *Der Weg Solimans*. Und wenn es besonders gut ausgeht, gibt es noch ein Kamel hinzu.

So fremd uns die Märchen aus der Steinwüste auf der einen Seite sind, so verblüffend ist auf der anderen Seite, dass uns hier – geradezu im Gegensatz zu den Märchen aus *1001 Nacht* – vertraute Märchenmotive begegnen. Mehr als einmal werden wir an Situationen und Figuren aus „unseren" Kinder- und Hausmärchen der Brüder Grimm erinnert.

Tatsächlich weisen die vorliegenden Beduinenmärchen eine vergleichbare Typologie wie unsere Märchen auf: Die Zeit der Handlung ist nicht bestimmt, sondern die Märchen werden mit der zeitlosen Formel eingeleitet: zemaam, zemaan, gissa kadiim... (wörtlich übersetzt: früher, früher eine alte Geschichte...) Ebenso wird der Raum, in dem das Märchen spielt[26], nicht beschrieben. Die Figuren bleiben abstrakt und flächig, sie besitzen keine Individualität und Psychologie. Und es gibt keinerlei Hinweise auf irgendeine Art von Religion.[27]

---

25 101 Nacht, Herausgegeben und übersetzt von Claudia Ott, Manesse Verlag Zürich, 2012.
26 Hermann Bausinger, Anmerkungen zu Schneewittchen, in: Und wenn sie nicht gestorben sind..., hrsg. von Helmut Brackert, Suhrkamp Verlag Frankfurt 1982.
27 Michael Stolleis weist in seinem Aufsatz „Der Ranzen, das Hütlein und das Hörnlein" darauf hin: „Märchen haben keine politische Moral und keine Konfession." in: Und wenn sie nicht gestorben sind... Hrsg. Helmut Brackert, Suhrkamp Verlag Frankfurt 1982, S. 164.

So ist die enge Verwandtschaft des Märchens *Die eifersüchtige Mutter und ihre schöne Tochter* mit „unserem" *Schneewittchen*[28] offensichtlich. In der hier vorliegenden Variante gibt es zwar keinen Spiegel und das zwar nicht schneeweiße, aber schöne Mädchen läuft ganz von alleine von der auf sie eifersüchtigen Mutter weg. Sie trifft dann auf eine Gruppe fremder Männer, die sie aufnehmen und mit denen sie wie mit Brüdern zusammenlebt. Trotzdem ist die Mutter weiter eifersüchtig und trachtet ihr auch jetzt noch nach dem Leben. Sie schickt ihr eine Apfelsine, von der sie todkrank wird. In der Grimmschen Variante schenkt ihr eine Bauersfrau, in die sich die böse Stiefmutter verwandelt hatte[29], einen Apfel, sie fällt um und die Zwerge legen sie in einen gläsernen Sarg. Hier in der Sinai-Variante kommt sie in einen Kasten und wird ins Wasser geworfen. Nach diesem deutlich an Initiationsriten erinnernden „Übergang"[30] ist aus dem Mädchen eine Frau geworden, die jetzt heiraten kann. In der Sinai-Variante ist sie damit immer noch nicht vor der Verfolgung der Mutter sicher. Erst muss sie noch in einen Vogel verwandelt und wieder befreit werden – die Erinnerung an das Grimmsche Märchen *Jorinde und Joringel*[31] liegt nahe – bevor sie mit Mann und Söhnen glücklich werden darf.

---

28 Brüder Grimm, Kinder- und Hausmärchen, Hrsg. von Heinz Rölleke, Reclam, Stuttgart 2009, S. 257ff.

29 Brüder Grimm, Kinder- und Hausmärchen, Hrsg. Heinz Rölleke, Reclam Stuttgart, 2009, S. 264ff

30 Initiationsritus: Campbell, Mythologie der Urvölker, S. 112: „traumatische Erfahrung seiner zweiten Geburt", S. 285: „Die Krise hat infolge dessen die Bedeutung einer Schwellenüberschreitung, einer höheren Initiation".
George Thomson, Aischylos und Athen, S. 22: „Der Initiation folgte die Heirat." S. 139: „...war die Initiation einfach eine Einweihung in das Geschlechtsleben." S. 146: dass es sich um eine Volkserinnerung an Schein-Tod und Scheinwiederauferstehung handelt, die für das Initiationsritual charakteristisch sind." S. 153/154: „Untertauchen im Wasser ist Reinigung, aber es ist auch Erneuerung. Ebenso bezweckte die Geißelung des pharmakós nicht nur die Vertreibung von Krankheit und Tod, sondern auch die Erlangung von Gesundheit und Leben. (...) Das Wasser des Brautbades bezeichnete man ausdrücklich als lebensspendend (...) So konnte das Baden der Frauen im Dionysoskult sowohl Initiations- als auch ein Heiratsritus sein."
George Thomson, Frühgeschichte Griechenlands und der Ägais, Verlag das europäische Buch, Westberlin/Akademie Verlag Berlin, DDR, 1960, beschreibt die Initiationsriten für Mädchen anhand der der südafrikanischen Bantu: auf S. 162: „Zu diesem Zweck sperrt man sie (die jungen Mädchen) in eine Hütte ein, die sie nur verhüllten Angesichts verlassen dürfen. Jeden Morgen werden sie von bereits eingeweihten Frauen an einen Teich geleitet und nehmen dort ein Bad. Ihre Begleiterinnen singen dabei obszöne Lieder (...) sie werden von den Frauen gekratzt, gehänselt und sonst wie gequält, wobei diese mit unzüchtigen Liedern fortfahren und die Mädchen über geschlechtliche Dinge aufklären und ihnen ans Herz legen, nie einem Manne etwas über ihre Monatsblutung zu verraten. Nach Ablauf des Monats wird das Mädchen seiner Mutter zurückgegeben und festlich bewirtet. Sie hat „ihr Unglück hinter sich"."

31 Kinder- und Hausmärchen, gesammelt durch die Brüder Grimm, Frankfurt am Main, Insel Taschenbuch 1984, Band 2, S. 44 ff.

Enno Littmann fand 1900 in Jerusalem eine palästinensische Frau, die Märchen erzählte, unter anderen auch *Die Geschichte von Fräulein Schneechen*[32], wie er es nannte. In dieser Variante fehlt ebenfalls das Motiv des Spiegels, aber die Parallelen zu *Schneewittchen* sind auch hier nicht zu übersehen: die Eifersucht der Mutter auf die Schönheit der Tochter, ihr Auftrag, die Tochter zu töten, die Aufnahme des Mädchens bei ihr unbekannten Männern, die sie wie eine Schwester behandeln, der neuerliche Versuch der Mutter, die Tochter zu töten, der Scheintod des Mädchens, und schließlich das Wiedererwachen und die Heirat.

Es drängt sich die Frage nach der Wanderung solcher Motive auf. Ist es von Europa Richtung Osten gewandert oder umgekehrt? Enno Littmann geht davon aus, dass das Märchen aus Europa stammt[33]. So war es für mich doch eine Überraschung, dass die an einer Schnittstelle zwischen Europa und arabischer Welt im 13. Jahrhundert in al Andalus aufgeschriebene Märchensammlung *101 Nacht*[34], mit der Geschichte eines Königs beginnt, der sein Gesicht in einem Spiegel betrachtete und dann fragte: Kennt ihr irgendjemanden auf der Welt, der schöner ist als ich?[35]

Das Motiv des wahrsagenden Spiegels scheint mir, muss in einem größeren Zusammenhang gesehen werden. In allen Varianten, ob bei den Gebrüdern Grimm, bei den Beduinen aus dem Sinai, der von Enno Littmann wiedergegebenen und auch bei der Geschichte aus *101 Nacht*, immer wird der Frager oder die Fragerin beherrscht von der Eifersucht auf den oder die jüngere, von der Angst vor der Vergänglichkeit der eigenen Macht. Der Spiegel ist ein Vanitassymbol, er weissagt die Vergänglichkeit alles Irdischen, also Zukunft, nämlich den Sieg der nächsten Generation über den König oder die Mutter oder die Stiefmutter. Da hilft keine Maßnahme, ob die Stiefmutter dem Jäger befiehlt, das Mädchen im Wald, oder der König, den Hirten anweist, den Sohn im Gebirge zu töten. Neben Schneewittchen gehören Ödipus und der Kindermord von Bethlehem, mit dem Herodes seine Entthronung verhindern will, in diese Reihe. Die Weissagung verkündet den Lauf des Schicksals, das nicht zu überlisten ist.

32 Arabische Märchen, Aus mündlicher Überlieferung gesammelt und übertragen von Enno Littmann, insel taschenbuch, Frankfurt am Main, 1984, S. 332ff.
33 ebenda S. 433.
34 101 Nacht – Aus dem Arabischen erstmals ins Deutsche übertragen von Claudia Ott nach der Handschrift des Aga Khan Museum, Manesse Verlag Zürich, 2012. Die Handschrift wird wie im Nachwort ausgeführt, auf die Zeit rund um das Jahr 1234 datiert und ist wohl das älteste erhaltene Textzeugnis von 101 Nacht.
35 ebenda S. 5.

Die Variante aus dem Sinai ist nicht nur kruder als unser deutsches Hausmärchen, sie ist auch deutlicher: da der Holzkasten im Wasser deutlich an ein Boot erinnert, ist der Initiationsritus, der Übergang von einer Lebensphase in die nächste, weit deutlicher erkennbar als in der deutschen Variante des 19. Jahrhunderts. Das Erwachsenwerden der Jüngeren, die Generationenfolge ist die Bedrohung, die mit dem Mordplan verhindert werden soll. Die Notwendigkeit des Mordversuchs bekommt durch das Heranreifen des Mädchens seine Dringlichkeit. Das Überleben des Mädchens, ihre Geschlechtsreife und schließlich die Geburt der Söhne macht erst die Eifersucht, eben als Angst vor der eigenen Vergänglichkeit, verständlich. Insofern ist hier in dieser äußerst knappen, verdichteten Form des Märchens noch eine geradezu mythische Wucht spürbar.

Ein zweites Beispiel für die Verwandtschaft der Motive von den Märchen aus dem Sinai zu unseren Grimmschen Märchen ist die *Geschichte von den beiden Kindern und ihrer Kuh*. Die beiden Geschwister, die die Stiefmutter loswerden will und die sie deshalb in der Wüste aussetzen lässt, erinnert sowohl an *Brüderchen und Schwesterchen* wie an *Hänsel und Gretel*[36]. Hier wie dort will der Vater den Forderungen seiner Frau nicht nachkommen. Erst nach wiederholtem Drängen werden die Kinder den Unbilden der Natur, bei uns hier dem dunklen Wald, dort der kahlen Wüste, ausgesetzt. Und die Ähnlichkeiten gehen weiter. Die Geschwister begegnen auf der Suche nach etwas Essbaren einer Dämonin, die ihnen Zucker zu essen gibt und sie damit vor dem Hungertod rettet. Die Hexe in *Hänsel und Gretel* ist ebenfalls eine Dämonin mit nicht menschlichen sondern tierischen Eigenschaften. Heißt es doch bei den Brüdern Grimm: „Die Hexen haben rote Augen und können nicht weit sehen, aber sie haben eine feine Witterung, wie die Tiere, und merken's wenn Menschen heran kommen".[37] In beiden Fällen fühlen sich die Kinder von der Dämonin bedroht und töten sie. In der Sinai-Variante gibt ihnen die Dämonin selbst den Hinweis, dass sie ihr am besten erst die Haare ausreißen, um sie dann zu töten[38].

---

36 Das italienische Märchen von *Nennilo und Nennella* aus dem Pentamerone des Giambattista Basile, erstmals erschienen in den Jahren 1634–1636, weist ebenfalls deutliche Ähnlichkeiten zu Hänsel und Gretel auf. insel taschenbuch 354, Frankfurt am Main 1982, Bd. 5, S. 81ff.

37 Brüder Grimm, Kinder- und Hausmärchen, Hrsg. Heinz Rölleke, Philipp Reclam jun. Stuttgart, 2009, S. 96ff.

38 Brüder Grimm, Kinder- und Hausmärchen, hrsg. Hans-Jörg Uther, Eugen Diederichs Verlag, München 1996, Band 4, S. 64ff (im Kommentar zum *Teufel mit den drei goldenen Haaren*): „Das Haar ist seit alters Sitz der Weisheit und der Kraft von Dämonen; vgl. die Geschichte von Simson im Alten Testament (Richter 16, 4–21)."

Als drittes Beispiel sei angeführt, dass hier in *Die drei Vögel* wie in europäischen Märchen der Held die Fähigkeit besitzt, die Sprache der Tiere zu verstehen. Anfangs ist er den Gemeinheiten und der Brutalität seines Gefährten ausgeliefert. Erst als er blind und gänzlich hilflos ist, versteht er mit einem Male die drei Vögel im Baum. So erfährt er, wie er seine Sehkraft zurückgewinnen kann und obendrein auch noch zu einem dicken Goldklumpen kommt.

Bei den Brüdern Grimm findet sich das Motiv, dass der Held, ein untergebener Diener, die Sprache der Vögel versteht, sowohl in dem Märchen *Der treue Johannes*[39] als auch in *Die weiße Schlange*[40]. Der treue Diener belauscht die Vögel und erfährt, was für Gefahren seinem Herrn bevorstehen und wie sie abgewendet werden können. In *Die weiße Schlange* versprechen die Tiere, die Fische, die Ameisen und die Vögel, dem jungen Mann ihm aus Dankbarkeit für seine Hilfeleistung ebenfalls zu Hilfe zu eilen. Das tun sie denn auch und ermöglichen ihm damit die Heirat mit der Königstochter. Die Tiere greifen in dem Moment ein, wo ihm der Tod droht, weil er die Aufgabe nicht lösen kann. Als er zur Verblüffung des Königs und seiner Tochter die Aufgabe doch – mit Hilfe der Tiere – gelöst hat, heiratet er die Prinzessin. In *Die drei Vögel* markiert das Verstehen der Tiersprache den entscheidenden Wendepunkt im Handlungsablauf.

Zwar wird die Sprache der Tiere nur in Märchen und Fabeln zitiert, aber auch in den Beispielgeschichten fühlen sich die Protagonisten den Tieren nahe, ja geradezu verwandt. In *Solimans Weg* heiratet der Held die Schwester eines Hundes. In der Geschichte *Vom Wolf* wird der Wolf zwar nicht wörtlich mit seiner Rede zitiert, aber der Mann, den er begleitet, rächt seinen Tod, als ob er sein Bruder gewesen wäre.

Das Motiv der entführten Jungfrau, die gerettet werden muss, wie es uns in der *Geschichte von Said und der Prinzessin* und in *Das Ungeheuer in der Höhle* begegnet, ist zwar keinem bestimmten Grimmschen Märchen zuzuordnen, ist uns aber trotzdem vertraut. Joseph Campbell beschreibt die Bewältigung einer Schwierigkeit als notwendige Voraussetzung für das Brautlager[41] als ein universelles Motiv, das sich seit dem Altertum in den unterschiedlichsten Kulturen findet. „Das Symbol der Herrschaft, die dem Feind entrungen, der Freiheit, die der Bosheit des Ungeheuers abgewonnen, und der Lebensenergie, die aus dem Zugriff des Tyrannen Haltefest freigesetzt wird, ist eine Frau, sei es nun die Prin-

---

39 Brüder Grimm, Kinder- und Hausmärchen, hrsg. von Heinz Rölleke, Reclam Stuttgart, 2009, S. 53ff.
40 ebenda. S. 108ff.
41 Joseph Campbell, Der Heros in tausend Gestalten, Suhrkamp Frankfurt, 1999, S. 328.

zessin der zahllosen Drachenkämpfe, die Braut, die dem eifersüchtigen Vater entführt wird, oder die Jungfrau, die vor einem gottlosen Liebhaber gerettet wird."[42] Letztlich ist es ein und dasselbe Handlungsschema, dem hier wie dort die Märchen, Sagen und Geschichten gehorchen.

Es ist also kein besonderer Einzelfall, dass ein Motiv an „unsere" Märchen erinnert. In der Sekundärliteratur zu den Kinder- und Hausmärchen der Brüder Grimm wird die Frage gestellt, ob sich die Motive, nach der Diffusionstheorie, durch Wanderung verbreitet haben, oder ob es bestimmte „Elementargedanken" der Menschheit gibt.

Auch die drei hier genannten Beispiele stehen paradigmatisch für all die anderen, die einem bei der Lektüre durch den Kopf schießen. Man fragt sich unweigerlich, von wo nach wo die Geschichten und Motive gewandert sind, von Ost nach West, wie etwa die Kreuzbandornamentik von der Levante nach Ägypten zu den Kopten von dort nach Irland und schließlich mit den irischen Mönchen nach Süddeutschland auf die Reichenau im Bodensee? Oder von West nach Ost mit den Kreuzrittern oder den Kolonialherrn? Oder ist die Ähnlichkeit der Motive einfach Ausdruck einer allgemein menschlichen Lebenserfahrung wie Eifersucht, Hunger und Neid, die es sowohl hier wie dort gab und gibt? Ich möchte annehmen, dass beide Theorien richtig sind, und das auch gleichzeitig. Eine Geschichte wird dort auf besonders fruchtbaren Boden fallen, wo ähnliche Bedingungen herrschen, wo vielleicht schon eine ähnliche Geschichte existiert, so dass Teile von ihr aufgenommen, umgewandelt und in eine andere Geschichte eingebaut werden. Wahrscheinlich lässt sich ausschließlich weder die eine noch die andre Richtung nachweisen. Und vielleicht ist es einfach an der Zeit, nicht nur die Unterschiede zu betonen, sondern die Ähnlichkeit und Verwandtschaft.

Die Heldengeschichten beschränken sich auf die Beschreibung seines Lebens bis zur Heirat, mit ihr ist der Erziehungsprozess, den der Held durchlaufen muss, abgeschlossen. Bis dahin muss der Held drei Prüfungen überstehen: „Der erste Schritt in die Landschaft der Prüfungen stellt nur den Anfang eines langen und im Ernst gefahrvollen Weges von Eroberungen und Augenblicken der Erleuchtung dar. Wieder, wieder und wieder sind nun Drachen zu besiegen und unvermutete Schranken zu überwinden, und indessen wird es eine Unzahl von taktischen Siegen, flüchtigen Ekstasen und Blicken ins Wunderland geben."[43]

---

42 ebenda, S. 326.
43 Zitiert nach J. Campbell, Der Heros in tausend Gestalten, Suhrkamp Verlag Frankfurt, 1999, S. 106 (Weg der Prüfungen).

Das Meistern von Gefahren weist den Helden aus als jemanden, dem der Fortbestand der Sippe anvertraut werden kann. Es geht also nicht um das individuelle Glück des einzelnen Helden, sondern um das Weiterleben des Clans. In den Heldengeschichten gibt es – anders als in den Märchen – keinen Vater, keine Mutter, von der man sich lösen müsste, es bedarf keiner Versöhnung mit dem Vater, es gibt keine Schuld. Es gibt lediglich Häuser der Familie, der Sippe. Mit der Betonung auf den Fortbestand der Sippe und nicht auf das individuelle Glück zeugen diese Heldengeschichten von einer tiefen, uralten Bewusstseinsschicht.

In einem gänzlich anderen Zusammenhang aber müssen die zwei Geschichten mit Antar und Abu Zaid gesehen werden. Beide Helden sind historische Figuren und gehören zu den großen volkstümlichen Helden, deren Lebensgeschichte fester Bestandteil einer volkstümlichen Vortragskunst in den arabischen Ländern war.

Die hier aufgezeichnete Geschichte des Helden Abu Zaid ist lediglich ein winziges Bruchstück, ein Splitter des großen und viele Stunden dauernden arabischen Epos über das Schicksal der Söhne der Hilali[44]. Dieses Epos wurde über die Jahrhunderte ausschließlich mündlich vorgetragen. Es beruht auf historischen Fakten und schildert den Zug der Hilals im 11. Jahrhundert vom Jemen über Ägpyten Richtung Maghreb, wo es galt, die Berber zum Islam zu bekehren. Abu Zaid ist einer der wichtigsten Helden dieses Epos. Allerdings ist er nicht der mächtigste Krieger der Hilali, sondern der „Vater der Listen"[45]. Durch die Jahrhundert gehörte dieses Epos wohl zu den herausragenden Bausteinen der arabischen Identität.[46] Vielleicht am besten vergleichbar mit dem *Nibelungenlied* bei uns. Heutzutage wird man wohl kaum noch Sänger Erzähler finden, die das ganze, viele, viele Stunden

---

44 Siehe auch: www.siratbanihilal.ucsb.edu
45 Dwight F. Flechter, Heroic poets, poetic heroes, London University Press 1995, S. 13ff.
46 Auf der Website der Unesco befindet sich folgende Charakterisierung des Epos: This oral poem, also known as the Hilali epic, recounts the saga of the Bani Hilal Bedouin tribe and its migration from the Arabian Peninsula to North Africa in the tenth century. This tribe held sway over a vast territory in central North Africa for more than a century before being annihilated by Moroccan rivals. As one of the major epic poems that developed within the Arabic folk tradition, the Hilali is the only epic still performed in its integral musical form. Moreover, once widespread throughout the Middle East, it has disappeared from everywhere except Egypt.
Since the fourteenth century, the Hilali epic has been performed by poets who sing the verses while playing a percussion instrument or a two-string spike fiddle (rabab). Performances take place at weddings, circumcision ceremonies and private gatherings, and may last for days. In the past, practitioners were trained within family circles and performed the epic as their only means of income. These professional poets began their ten-year apprenticeships at Nowadays, they must also learn to inject improvisational commentary in order to render plots more relevant to contemporary audiences.

dauernde Epos beherrschen. Immerhin aber existieren seit wenigen Jahrzehnten doch Aufzeichnungen von Vortragenden[47] und im Arabischen auch Verschriftlichungen. Trotzdem kann man sicherlich konstatieren, dass diese volkstümlichen Geschichten im arabischen Raum sich heute keiner großen Wertschätzung mehr erfreuen[48].

Im deutschsprachigen Raum gibt es so gut wie keine Literatur über Abu Zaid und die Söhne der Hilali, geschweige denn eine deutschsprachige Ausgabe. Im englisch- und französischsprachigen Raum, also bei den ehemaligen Kolonialmächten, gibt es im ethnologischen Kontext Sekundärliteratur über das Epos der Bani Hilali[49].

Bei den Tarabin habe ich zwar niemanden gefunden, der noch mehr Geschichten von Abu Zaid präsent hat und vortragen kann, doch die Figur von Abu Zaid, dem gewitzten Helden, ist in den Köpfen zumindest der Älteren noch präsent. Allerdings bin ich überzeugt, dass bei einer weiteren gezielten Recherche unter den verschiedenen Stämmen im Sinai noch mehr Bruchstücke auftauchen werden. Interessant an „unserem" kleinen Splitter hier ist, dass Abu Zaid sich einer List bedient, hinter einer Decke versteckt die anderen beobachtet. Dwight F. Reynolds, wohl einer der besten Kenner des *Sira Bani Hilali*[50] beschreibt Abu Zaid in einer Episode als Kämpfer, der als Poet verkleidet daher kommt und erst kämpft, als er trotz seiner Verkleidung angegriffen wird[51]. Was so viel bedeutet, wie dass er sich auch dort zuerst hinter einem Stück Stoff, einer „Decke", nämlich seinem Gewand, versteckt hatte.

Noch älter als die Geschichte der Hilali ist die Quelle, aus denen sich die Geschichte von den *Tausend roten Kamelen* speist. Sie bezieht sich auf einen Helden aus vorislamischer Zeit, auf Antara ibn Shaddad, der von 525 – 608 lebte. Die historischen Fakten seines Lebens liegen zwar im Dunkeln, aber trotzdem wurde er berühmt als außergewöhnlicher Kämpfer und Poet[52]. Seine Liebesgeschichte mit seiner Kusine Abla ging in die arabische Literatur ein. Friedrich

47   Im Institut du Monde Arabe in Paris ist die CD „Sayyed Al Dowwi The Hilali Epic" erschienen.
48   Dwight Fletcher Reynolds: Heroic Poets, Poetic Heroes. London, Cornell University Press 1995, S. 7.
49   Hier sei vor allem Dwight Fletcher Reynolds genannt, der verschiedene Aufsätze über das Epos und seine Tradition veröffentlicht hat. Eine Literaturliste seiner Veröffentlichungen gibt es auf seiner Website http://www.religion.ucsb.edu/Faculty/reynolds.htm.
50   Sira Bani Hilali (arab.): Die Lebensgeschichte der Söhne der Hilali.
51   Dwight Fletcher Reynolds: Heroic Poets, Poetic Heroes. 1995, S. 78ff.
52   Friedrich Rückert hat Gedichte Antaras übersetzt.

Rückert schildert sie in einer Anmerkung zu seiner Übersetzung der Liebesgedichte:

„Aus dem Eingang dieses Bruchstückes ersiht man, daß Antara für wichtige Kriegsdienste, die er seinem Oheim (Amru muß dessen Name sein) geleistet, von diesem nicht den erwarteten Dank erhalten habe. Daraus wahrscheinlich haben nun die Erklärer eine Geschichte gesponnen, die sie von Antara, wenn auch nicht zu dieser Stelle, erzälen: Antara nämlich sei der Sohn einer habessinischen Sklavin, und von seinem Vater als Knecht gehalten gewesen, Abla aber, seine Geliebte, die Tochter seines Oheims. Einst nun bei einem feindlichen Überfall, als Antara erst tapfer gekämpft, dann aber nachgelaßen, habe der Oheim gerufen: Greif an, Knecht Antara! worauf jener: Ein Knecht versteht nichts anzugreifen als einen Melkkübel. Darauf der Oheim: Greif an, und ich will dir meine Tochter Abla geben, und du sollst meines Bruders Sohn sein." [53]

Die hier aufgezeichnete Geschichte von *Tausend rote Kamele*, in der geschildert wird, wie es Antar nach langen Mühen und Kämpfen schließlich doch gelingt, von der Familie akzeptiert zu werden und die Frau zu heiraten, die er liebt, ist eine Variante dieser berühmten Romanze. Vor allem seine außerordentliche Geschicklichkeit im Umgang mit Kamelen, sein Mut und Kampfgeist – alles von den Beduinen hoch geschätzte Eigenschaften – werden beschrieben. Zwar habe ich in den Überlieferungen[54] keinen Hinweis auf die phantastische Zahl von tausend Kamelen gefunden, wohl aber, dass er eine spezielle Kamelart als Brautpreis herbeischaffen sollte. Auch wenn die hier vorliegende Variante eben nur eine Variante und eine Geschichte des Helden Antara ibn Shaddad ist, so versteht man doch, warum eben dieser Antar zum Helden und Vorbild der Beduinen taugte und seine Liebesgeschichte überlebte.

53 Friedrich Rückert / Wolfdietrich Fischer / Abu Temman: Hamasa, oder die ältesten arabischen Volkslieder. Wallstein Verlag 2004, S. 724.
54 http://en.wikipedia.org/wiki/Antarah_ibn_Shaddad

Die Erzähler

Lafi Awad

Salem Alfahad

Mubarak Selim

Mubarak und Lafi

Salem und Lafi

Manzur

Raschid

Aid

Impressionen

Bibliografische Information der Deutschen Nationalbibliothek
Die Deutsche Nationalbibliothek verzeichnet diese Publikation in der Deutschen
Nationalbibliografie; detaillierte bibliografische Daten sind im Internet über
http://dnb.d-nb.de abrufbar.

© 2013 Dr. Ludwig Reichert Verlag Wiesbaden
ISBN 978-3-89500-985-3
www.reichert-verlag.de
Gedruckt auf säurefreiem Papier
(alterungsbeständig – pH7, neutral)
Printed in Germany